KB120086

공부 못했던 그 친구는

어떻게 살고 있을까

공부 못했던 그 친구는 어떻게 살고 있을까

지은이 구론산바몬드
그린이 루 미
펴낸이 김은주

1판 1쇄 2023년 12월 15일
1판 2쇄 2024년 1월 25일

펴낸곳 홍 림
등 록 제 312-2007-000044호17
전자우편 hongrimpub@gmail.com
전 화 0507-1357-2617
총 판 비전북(031-907-3927)

값은 표지에 있습니다.
ISBN 978-89-6934-053-5(03810)

공부 못했던 그 친구는

어떻게 살고 있을까

구론산바몬드 지음

루 미 그림

홍림

일러두기

1. 이 책 3부와 4부에서 다룬 교육현장 관련 내용은 저자 개인의 이야기임을 밝힙니다.
2. 장소나 인명은 생략하거나 이니셜로 처리하였습니다.
3. 숫자 표기는 읽는 방식에 따라서 한글과 아라비아 숫자를 혼용했으며, 거리나 무게 단위는 모두 한글로 표기했습니다.
4. 단행본은 『』로, 잡지는 《 》로, 노래나 프로그램명은 < >로 구분했습니다.

머리말

어느 날 느닷없이 받은 문자 한 통에서 이 책은 시작되었다.

"밥은 먹고 사냐?"

S대를 졸업하고 변호사가 된 초등학교 동창이 근 40년 만에 보내온 문자였다. 순간 짧은 그 한 문장에 숨겨진 행간을 읽고 말았다. 그의 기억에서 나는 다방면에 걸쳐 뒤떨어진 열등생으로 남아 있을 터, 그런 내가 사회적 지위는 고사하고 경제적 궁핍은 면하고 사는지 궁금

했을 것이다. 아니 어쩌면 별 의미 없이 날린 문자에 나의 자격지심이 그가 의도하지 않았을지도 모르는 불온한 해석을 덧붙였는지도 모른다. 아무튼 읽씹했다.
아내가 위로하며 말했다.

"공부 못했던 친구들은 어떻게든 먹고사는 것 같아요. 아주 잘 사는 친구도 많고요. 오히려 공부 잘했던 친구들은 어떻게 살고 있는지 알 수 없네요."

공부를 아주 잘했던 아내의 얼굴을 보며 내가 말했다.

"공부 못했던 놈 만나 살고 있겠죠, 당신처럼."

결국 같은 삶의 눈높이에 있다는 데서 난 승리의 미소를 지었고, 아내는 자괴의 미소를 흘렸다.

그래서 글을 쓰기 시작했다. 많은 이들이 궁금해하는, 학창 시절에 공부 못했던 친구들은 과연 어떤 모습으로 살고 있을까, 그 해묵은 질문에 답하고 싶었다. 아주 잘 사는 것은 아닐지 모르지만 열등했던 성적과 비례한 삶을 사는 것은 아니라는 항변을 하고 싶었다.

중학교에 들어갈 무렵부터 성적으로 서열화된 사회적 구조와 가난의 굴레에 조금씩 반감을 갖기 시작했다. 비뚤어지기로 결심했을 즈음, 어느 사회 수업 시간이었다. 노력해서 안 되는 건 없다는 선생님의 지극히 도덕적인 말에 나도 모르게 반항의 질문을 던졌다.

"그럼 노력하면 사람이 맨몸으로 날 수도 있나요?"

잠시 당황한 기색을 보였던 선생님이 단호하게 말했다.

"나와, 새꺄!"

최소한의 반항조차 열등생에겐 금기였다. 그저 내 존재의 가치는 공부는 못하지만 아무 사고도 치지 않는 조용한 학생이라는 데 있었다. 나름 노력했지만 결국 국·영·수의 높은 울타리를 넘지 못하고 처참한 성적표만 남긴 채 십 대가 끝나버렸다.

꿈이 있었지만 그 꿈을 잃어버렸다. 성적에 맞춰 겨우 들어간 지방대를 졸업하고 사회에 내던져지면 어떻게든 살아가겠지만 삶은 험난할 터였다. 도피하다시피 들어간 군대에서 잠자고 있던 그 옛날의 반항기가 발동했다. 이대로 예고된 삶을 살 순 없다는 오기가 생겼다. 그래서 변화를 모색했다. 과정은 힘들었지만 공부 바보의 DNA를 극복하고 그토록 바랐던 꿈의 문턱을 넘었다.

무던히도 고통스러운 나날이었다. 이제는 그 모든 것을 아름답게 곱씹을 수 있는 연륜이 되었다. 이 글은 한 치의 허구도 가감도 없는 나의 민낯이다. 지난했던 삶의 자취마다 웃음의 여지를 남길 수 있는 건 지금의 행복이 옛일을 아름답게 해석할 수 있는 여유를 준 때문이다.

지천명의 나이를 넘어선 지금, 이제는 공부 바보가 아니라 생활 바보로 살고 있다. 집으로 가는 길을 아직도 헤매고 있으며, 샴푸와 바디워시를 잘 구분하지 못하고, 어제 만난 사람의 낯을 잘 기억하지 못한다. 그런 의미에서 이 책은 공부 바보가 생활 바보가 되어 좌충우돌하는 웃픈 생존기라 할 수 있다.

무수한 투고의 실패로 흘리던 낙심의 눈물을 닦아 주신 출판사 홍림의 김은주 대표님, 출간을 응원해 주신 장누리, 최선희 작가님과 홍림 가족들, 멋지고 재치 있는 삽화를 그려주신 루미 작가님에게 감사드린다. 또한 법무적 검토를 거쳐 필명을 사용하도록 허락해 준 해태htb(주)의 혜량에 고마움을 전한다.

여전히 든든한 버팀목이 되어 주시는 존경하는 양가 부모님, 삼수로 겨우 대학에 들어간 공부 바보 첫째 아들, 세제와 섬유 유연제를 거꾸로 넣고 세탁기를 돌리는 생활 바보 둘째 아들, 수영으로 40킬로그램 대의 체중과 예전의 미모를 되찾은 너무나 아름다운 아내에게 사랑한다 말하고 싶다.

2023년 12월에

경남 양산에서 저자

차 례

2부 | 비틀거리며 꿈을 향해 가다

3부 | 살다 보니 웃픈 일 많더라

4부 | 생활 바보는 피곤해

1980S
1990S
우천시
톰과 제리
조교

2000S 2010S

1부
바보 맞습니다

선생님을 선생님이라 부르지 못하고

초등학교 3학년 때 담임 선생님은 30대 후반 혹은 40대 초반의 남자였다. 매사에 근엄하고 다소 신경질적인 데가 있어서 우리는 모두 선생님을 어려워했다. 그럼에도 불구하고 일부 여학생들은 그를 무척 따랐다. 그나마 상대적으로 출중한 외모 덕분이었을 것이다.

숙제 검사 시간이면 교실은 긴장의 도가니가 되었다. 그는 30센티미터 길이의 플라스틱 자를 항시 지니고 다녔는데, 숙제를 안 한 학생은 불려 나가 그 자에 손등을 맞아야 했다. 무척 아팠던 것으로 기억한다. 그는 책상 줄이 비뚤어져도 때렸고, 수업 시간에 늦게 들어와도 때렸다. 우리는 얼굴 하얀 여선생님이 있는 옆 반을 늘 부러워했다.

선생님의 만행(?)이 심해질수록 아이들은 어떻게든 선생님의 눈에 들기 위해 노력했다. 선생님보다 더 빨리 등교했고, 시간이 걸리더라도 더 반듯한 글씨로 숙제를 하려고 애썼다. 하지만 선생님의 회초리를 맞지 않는 날은 드물었다. 어떤 이유로든 그는 우리를 때렸다.

그러던 어느 수업 시간이었다. 다소 수줍은 성격의 나는 질문을 잘 하지 않았는데 그날따라 선생님의 설명이 마뜩잖았던 것 같다. 질문을 하기 위해 판서를 하고있는 선생님을 불렀다. 그런데 그만 실수를 했다. 손을 들면서 나도 모르게 아버지라 부른 것이다. 다시 선생님이라 고쳐 부르긴 했지만 때는 이미 늦었다. 아이들은 내가 정말로 선생님의 아들이라 생각하기 시작했다. 하필 선생님과 나는 성이 같았다. 아이들은 나를 둘러싸고 왜 진작 말하지 않았냐고 물었다. 거듭 부인해도 아이들은 선생님과 나를 부자 관계로 기정사실화 했다. 그날 이후 나의 학교생활은 달라졌다. 아이들이 내게 극도의 호의를 보이기 시작했다. 나쁠 건 없었다.

그 후로도 선생님의 매질은 계속되었다. 나 역시 예외가 아니었다. 친아들도 똑같이 때린다며 아이들은 선생님을 공평무사한 사람이라 생각했고, 더 이상 회초리 맞는 것을 억울해 하지 않았다. 홍길동은 아버지를 아버지라 부르지 못했지만 나는 아버지 아닌 사람을 아버지라 불렀다. 그는 의적이 되었고 나는 매 맞는 아들이 되었다. 그리고 선생님은 존경받기 시작했다.

변소에서 웃고 있는 그녀

달동네에 살던 초등학교 6학년 무렵으로 기억한다. 우리집에서는 아랫집 마당이 훤히 내려다보였다. 그 집에는 응식이, 상식이, 동식이, 종식이, 이름도 요상한 4형제가 살고 있었다. 어린 내 눈에도 아들 넷을 둔다는 건 저주에 가까웠다. 가끔 놀러 가서 보면 집안은 그야말로 난장판이었다. 방은 창고를 방불케 했고, 라면은 어찌나 끓여 먹는지 설거지 안 한 냄비가 부엌 바닥에 수북이 나뒹굴었다. 당시에는 연탄가스에 중독되는 일이 많았는데, 그 집이 그랬다. 아침이면 이놈들은 마당에 나와 밭은기침을 토해내다가 동치미 국물 한 사발씩

을 마시고 정신을 차리곤 했다. 자주 그 모습을 보면서 한두 놈쯤은 죽어야 저 집에도 평화가 찾아올 거라 생각했다. 하지만 결국 아무도 안 죽었다. 생명력 질긴 놈들!

어느 날 그 집에 놀러 갔는데, 역시나 야수들의 집답게 방 한구석에 《선데이 서울》이 뒹굴고 있었다. 아직 순진했던 나는 잡지를 설핏 넘기다가 화들짝 놀라 그대로 덮었다. 맏이였던 웅식이 놈이 다가와 벌게진 내 얼굴을 보며 실실 웃었다.

"내 동생들 하고 잘 놀아주니까 내가 선물로 주는 거야."

그러고는 잡지 한 장을 찢어 내게 건넸다. 수영복을 입은 여자가 육감적인 상체를 반쯤 드러낸 사진이었다. 이 놈들은 역시 사람이 아니다 싶으면서도 거절하지는 않고 챙겨 나왔다. 사진이 상할까 봐 차마 접지도 못하고 가슴팍에 숨겨 집으로 돌아왔다.

단칸방에 살다 보니 사진을 자세히 들여다볼

장소가 마땅치 않았다. 그래서 변소로 들어갔다. 냄새 지리는 재래식 변소였지만 오롯한 나만의 공간이 거기밖에 없었다. 똥통 구멍 좌우로 다리를 벌리고 서서 사진을 감상하는데, 난생처음 보는 야한 사진이 내 마음을 흔들었을까. 앗 하는 사이에 사진을 떨어뜨리고 말았다. 잡을 새도 없이 사진은 그대로 구멍으로 떨어졌다. 하필 똥 무더기 위에 뒤집어지지도 않고 반듯하게 놓여버렸다. 변소에 들어서는 방향에서 보면 모델의 얼굴이 그대로 보였다. 난감했으나 사진을 꺼낼 방도가 없었다.

그날부터 폭식을 하기 시작했다. 많이 먹고 많이 싸서 사진을 덮는 수밖에 없다고 생각했다. 싸더라도 정확하게 조준하는 것이 쉽지는 않았다. 무던히 노력했지만 그녀의 미소가 사라지기까지는 한 달 여가 걸렸다.

내가 그랬다

우리 반에서 샤프가 사라졌다. 초등학교 4학년 때였다. 엄밀하게 말하면 샤프는 아니었다. 당시에는 뭐라 불렀는지 모르겠지만 요즘 말로는 카트리지 연필이라 한다. 연필심이 뭉툭해지면 뽑아서 뒤에 꽂고, 그러면 새 연필심이 밀려 나오는 필기구다. 샤프가 상용되기 전이고 모두가 연필만 쓰던 때였으니, 카트리지 연필을 가져온 친구의 자부심은 컸다. 그런데 그게 사라진 것이다. 녀석은 울고불고 난리를 부리다 선생님에게 분실 신고를 했다.

선생님은 모두 바로 앉아 눈을 감으라고 했다. 그리고

남의 물건을 가져가는 것은 나쁜 짓이지만 반성하고 돌려준다면 용서받을 수 있다는 일장 훈계를 했다. 일절 책임을 묻지 않을 테니 카트리지 연필을 가져간 사람은 눈을 뜨라고 했다. 아무도 눈을 뜨지 않자 선생님은 모두의 소지품을 검사하기 시작했다. 결국 범인을 찾지 못한 것 같았다. 연필을 잃어버린 녀석이 울면서 귀가한 것을 보면.

물증은 없지만 심증이란 게 있다. 아이들은 하나같이 A를 의심했다. 사실 A는 이전에도 한두 번 물건을 훔치다 걸린 적이 있었다. A가 새로운 문구를 가져오면 아이들은 또 어디선가 훔쳤겠거니 수군거렸다. A가 근처에만 와도 잔뜩 긴장하고 경계심을 늦추지 않았다. 순진무구할 나이였음에도 우리는 타인의 실수를 전과로 낙인찍어 버리는 어른들의 습성을 닮아가고 있었다.

그로부터 한 달 여가 지나 카트리지 연필 도난 사건이 잊혀졌을 무렵 이번에는 지우개가 사라지기 시작했다. 당시 우리는 지우개 놀이에 한껏 빠져 있었다. 한 번씩 번갈아 가며 지우개를 움직여 상대방의 지우개 위에 자기

지우개를 세 번 걸치거나 올라타면 승리하는 놀이였다. 쉬는 시간마다 우리는 지우개 놀이를 했는데, 굵고 큼지막한 지우개는 모두가 갖고 싶어 하는 최애템이었다.

그런데 높은 승률을 자랑하는 지우개가 하나둘 사라지기 시작한 것이다. 우리 반에는 긴장감이 감돌았다. 피해자는 한둘이 아니었다. 거의 매일 피해자가 속출했다. 선생님도 매번 소지품을 검사하는 것이 비교육적이라 생각했는지 종례 시간에 당부의 말을 하는 것 외에 달리 방법을 찾지 못했다.

아이들은 이번에도 A에게 의심의 눈초리를 던졌다. 매일 A의 일거수일투족을 감시하듯 주목했고, 그가 화장실이라도 가고 없으면 우르르 몰려들어 그의 가방을 뒤졌다. 하지만 도난당한 지우개는 나오지 않았다. A는 억울하다고 항변했지만 아무도 믿어주지 않았다. 아무도 A와는 놀지 않았고, 심지어 짝지가 되려 하지도 않았다. 사실 그 나이 때에 도벽은 정상적인 성장통이다. 전과자로 찍힌 A도, 그를 비난하던 아이들도 모두 한 번쯤은 남의 물건을 훔친 적이 있었을 것이다.

왕
지우개

그런 점에서 우리는 A를 그만 용서하고 그의 실수를 잊어야 했다. 나는 A를 믿었다. 그의 결백을 확신했다. 아니, 그가 결백하다는 걸 나는 알았다. 내가 그랬으니까. 그래도 카트리지 연필은 내가 훔치지 않았다.

부정 행위자의 최후

얼마 전 고등학생들이 교사의 컴퓨터에 해킹 앱을 깔아 시험문제를 유출했다는 기사를 보고 문득 커닝을 했던 기억을 떠올렸다. 하지만 나의 사례는 단순히 커닝에 관한 얘기가 아니다. 시험지를 통째로 훔쳤으며 공범도 있으니 차라리 특수절도에 가깝다. 교권에 대한 도전이기도 했다. 40년은 족히 지났으니 공소시효가 만료된 지 오래고, 당시 난 촉법소년이었으니 내 기억 속에서만 전과자다. 물론 부끄러운 기억이다.

초등학교 5학년 때인지 6학년 때인지 기억이

설핏하다. 한 학급 인원이 60명 정도 되었을 때였는데 여러 가지 이유로 임원이 많았다. 요일에 따라 반장과 부반장이 있었고, 회장, 총무도 있었다. 분단마다 분단장이 있었고, 청소 시간엔 청소반장이 또 요일마다 있었으니, 학급의 절반 정도가 임원이었던 것 같다. 아이들에게 책임감과 리더십을 길러주려는 교육적 의도가 있지 않았나 싶다. 당시 나는 공부를 썩 잘하지도 않았지만 어찌어찌하다 목요일 반장이 되었다.

이유는 모르겠으나 당시 담임 선생님은 방과 후에 꼭 반장이 남아 있도록 지시했다. 남아서 쪽지 시험 채점을 하거나 일기장을 제출하지 않은 학생을 체크 하는 등 이런저런 선생님의 잡무를 도왔다. 딱히 시킬 일이 없는 날에도 꼭 남아서 교실을 지켜야 했다. 지금이라면 상상도 하기 어려운 일일 터다. 목요일이면 담임 선생님은 꽃꽂이를 하는 교사 동호회 활동을 해서 나는 늘 교실에 홀로 있었다.

초등학생 때부터 성적으로 줄 세우기가 자행되던 시절이었다. 시험이 있는 날이면 우리는 가방을 책상 가운데 올려 짝지와 벽을 쌓았다. 머리 위로 두 손을 올리고 실눈을 감고 있으면 선생님은 책상의 맨 아래 서랍을 열어 시험문제지를 꺼냈다.

문제의 그날은 지시받은 일도 없고 해서 이틀날부터 있을 월말고사 공부를 하고 있었다. 아, 그때 내 귓가에 사탄의 속삭임이 들려왔다. 교실엔 아무도 없었고 선생님은 한 시간 이상 교실로 돌아오지 않을 것이었다. 그러지 말았어야 했지만 나도 몰래 선생님의 서랍을 열었다. 전 과목 시험지가 고스란히 들어 있었다. 국어와 산수를 비롯한 대여섯 과목의 시험지를 꺼냈던 것 같다. 가슴이 콩닥거려 전 과목 시험지를 모두 꺼내지는 못했다. 분명 내 의지가 아니라 사악한 악마의 짓이었다.

혼자서 답을 찾아내기엔 벅찼다. 운동장에서 놀고 있던 친구들 몇을 불렀다. 절대 함구할 것을 다짐받고, 각자 자신 있는 문제를 풀어 답을 공유하기로 했다. 나를 비롯해 모두 공부를 잘하는 아이들이 아니었기에 답을 신뢰하기는 어려웠지만, 당시엔 그런 생각을 하지 못했다. 무엇보다 시간이 없었다.

우리는 초등학생이었지만 참으로 영악했다. 정답일지 오답일지도 모를 답을 베껴 들고 각자의 평소 성적에 비례하여 받을 점수를 책정했다. 가장 공이 혁혁한 내가 100점에 가까운 점수를 받기로 하고, 나머지는 평소 성적보다는 높게 받되 반드시 몇 개씩은 틀리도록 점수를 배분했다. 집에 가서 답을 외우든 커닝 페이퍼를 만들든 각자 알아서 하기로 했다. 혹 부정행위가 발각될 경우 단독범행인 걸로 주장할 것을 굳게 맹세하는 것으로 우리의 공모를 마무리 했다. 문제지는 잘게 찢어 재래식 변소 변기통에 던져버렸다.

집에 와서 답을 외려 하니 좀체 어려운 일이 아니었다. 자꾸 숫자가 헷갈렸고, 머릿속에 정연히 기억되지 않았다. 그러다 묘수를 떠올렸다. 허리띠 안쪽에 답을 적으면 감쪽같을 것 같았다. 깨알같은 숫자가 허리띠 전체에 가득 찼다. 시험 전날 그렇게 맘 편히 잠을 잔 적은 없었다.

다음날 학교로 가는 발걸음은 산뜻했다. 정답은 내 허리띠에 있었지만, 욕심을 내면 안 된다는 것을 알고 있었다. 모든 과목에서 만점을 받음으로써 의심을 받는 일은 하지 않으리라 스스로 다독였다. 그러나 시험이 시작되고서야 나는 깨달았다. 허리를 빙 둘러싼 허리띠를 풀어 답을 베낀다는 것이 불가능하다는 것을. 무엇보다 부정행위를 하기엔 짝지와의 거리가 너무 가까웠고, 선생님이 나만 지켜보는 것 같았다. 허리띠만을 믿었는데 난 감했다.

그날 시험을 망치고서야 나는 한 가지 교훈을 배웠다. 머릿속에서 완벽할지언정 모든 일은 예행 연습이 필요하다는 것을. 그날 이후 난 시험에서 부정행위를 한 적이 없다. 정말이다.

'우천시'에 살고 싶다

1980년대 초반, 아침이면 신문 사절을 외치는 집주인과 그럼에도 불구하고 신문을 투척하는 배달원 사이의 실랑이를 더러 볼 수 있는 시절이었다. 그 무렵 아버지는 자주 신문을 읽는 모습으로 내게 각인되어 있다. 없는 살림이라 구독을 하지는 않았지만 어디선가 신문을 구해 읽곤 했다. 다 읽은 신문은 16절지 크기로 잘려져 변소로 직행했고, 볼일을 본 후 뒤를 닦는 용도로 그 쓰임을 다했다.

아버지가 신문을 읽고 나면 나도 하릴없이 신문을 뒤적이곤 했다. 국한문을 혼용하던 시절이라 눈으로라도 신문을 읽는 것이 용이하지는 않았다. 기껏해야 만평과 4컷짜리 만화를 보는 게 고작이었다. 가장 눈길을 끌었던 건 텔레비전 프로그램 편성표였다. 인터넷이 없던 그 즈음에 당일과 이튿날의 편성표까지 알려주는 신문의 역할은 컸다. 어린 내게는 그랬다.

가난했던 우리집에도 내가 초등학교 5학년 무렵에 텔레비전이 생겼는데, 아버지가 어디선가 주워 온 고물이었다. 그래도 첫 텔레비전이라 무척 애착이 갔던 기억이 난다. 당시 텔레비전은 쭉 뻗은 네 개의 다리가 있었고, 브라운관을 가리는 여닫이문도 있었다. 최근에는 레트로 텔레비전으로 그 모습을 다시 볼 수 있다.

고물 텔레비전은 전파를 잘 잡아내지 못했다. 전파가 잘 닿지 않는 달동네였던 것도 한몫 했을 것이다. 내가 채널을 돌리며 텔레비전 수신 상태를 말하면 마당에 있던 형이 아버지에게 수신호로 전달했고, 멀리 언덕에서는 아버지가 안테나를 이리저리 돌렸다. 그래봤자 미군방송 AFKN과 KBS만이 겨우 잡혔다.

채널 전환 손잡이 버튼은 돌릴 때마다 드르륵 소리를

냈고 간혹 빠지기도 했다. 리모컨으로 텔레비전을 조작하는 지금도 '채널을 돌린다'는 표현을 쓰는 건 그때부터 비롯된 것이리라.

당시에는 아이들이 볼만한 재미있는 프로그램이 그리 많지 않았다. 더군다나 KBS는 어린이 프로그램에 더더욱 인색했다. 1980년대 초 프로야구가 출범한 뒤로 주말에는 오후 내내 야구를 방영했다. 신문 편성표에 프로야구 중계라 적혀 있으면 무척 좌절했던 기억이 난다. 야구에 관심 없던 나는 야구가 시작되면 아예 텔레비전을 꺼버렸다. 최소 대여섯 시간 안에는 끝나지 않을 테니까.

그런데 편성표를 볼 때마다 내 눈길을 끄는 문구가 있었다. 가령 '우천시 톰과 제리'같은 문구였다. 부산에 살고 있던 나는 그게 늘 불만이었다. 우천시는 얼마나 좋은 곳이기에 야구 중계할 시간에 만화를 방영한다는 말인가. '우리도 부산 말고 우천으로 이사 가면 안 될까요?' 한 번도 말한 적은 없지만 늘 부모님께 하고 싶은 말이었다.

우천시
톰과 제리

반공소년이 될 테다

초등학교 3학년 때 담임 선생님은 반공정신이 투철했던 것으로 기억한다. '원호의 달'이라든지 '멸공방첩' 같은, 뜻도 모를 리본을 다는 걸 특히 강조했다. 리본 만드는 걸 깜빡한 날에는 플라스틱 자로 여지없이 손등을 때렸는데, 맞고도 억울하기는커녕 원인 모를 죄책감을 느낀 것을 보면 나에게도 반공의 피가 흐르고 있었는지 모르겠다.

교실 칠판 옆에는 늘 간첩이나 간첩선을 신고하라는 포스터가 붙어 있었다. 당시 간첩 신고는 천만 원, 간첩선 신고는 삼 천만 원이었다. 주택복권 1등 당첨금이 천만 원이던 때였으니 엄청난 거금이었다. 어린 마음에 간첩이나 간첩선을 신고하여 부모님께 집을 사드려야겠다는 다짐을 했었다. 방학 때는 반공 독후감 쓰기 숙제가 빠지지 않았다. 반공도서의 말미에는 똑같은 문구가 있었는데, 밤에 라디오를 청취한다든가, 새벽에 나뭇잎이나 흙이 묻은 옷을 입고 산에서 내려오는 사람은 간첩이니 반드시 신고를 하라는 내용이었다. 선생님의 가스라이팅 덕분에 나는 바퀴벌레와 공산당은 무조건 때려잡아야 한다는 굳은 믿음이 있었다.

우리집과 변소를 같이 사용하는 이웃에는 홀로 살고 있는 총각이 있었다. 워낙 행색이 초라하고 두문불출하는 사람이라 나는 그가 간첩일지 모른다고 의심했다. 어느 날은 잠을 자다 소변이 마려워 변소를 갔는데, 총각의 집에서 이상한 소리가 설핏 들려왔다. 간첩이 라디오를 듣는구나 싶어 그의 창가에 귀를 대보니 두런두런 주고받는 말과 간간이 여자의 웃음소리가 들려왔다. 라디오 소리는 아니었다. 하지만 그 후로도 그의 동태를 예의 주시했다.

여름에는 뒷산 정상에 있는 약수터를 가곤 했다. 자주 가던 길이었지만 그날따라 이상한 것이 눈에 띄었다. 전기선 같기도 하고 전화선 같기도 한 검은색 선이 숲속을 가로질러 끝도 없이 이어져 있었다. 이것이 바로 간첩선이구나 하고 직감했다. 살짝 가슴이 뛰었다. 이튿날 하교할 무렵 나는 담임 선생님에게 신고했다.

"선생님, 간첩선을 봤습니다."

호기롭게 반색할 줄 알았던 선생님의 반응은 예상외로 무덤덤했다.

"간첩선이 어디 있는데?"
"우리 집 뒷산에요!"
"집에 가라."
"진짠데요."
"노아의 방주도 아니고 배가 왜 산에 있냐? 손등 대!"

간첩선을 신고하고 매를 맞을 줄은 몰랐다. 이게 다 간첩 때문이다.

리더는 아무나 하나

나는 고등학교에 들어갈 때도 바보였다. 중학교 때 이미 『수학의 정석』이나 『성문종합영어』를 몇 회 독파하고 오는 친구가 있는 반면, 나는 그런 책이 있는 것도 몰랐으니 말 다 했다. 그런 무식이 비극적인 고등학교 생활의 전초였음을 그때는 몰랐다.

학기 초 고1 교실에는 쉬는 시간이면 2학년 선배들이 들어와 동아리를 홍보했다. 한 주가 지나자 벌써 동아리에 가입했노라 자랑하는 친구들이 생겼다. 무식했던 나는 동아리 가입이 의무인 줄 알았다. 벌써 지난주에만 네댓 개의 동아리 홍보팀이 다녀간 뒤였다. 마음이 급해졌다.

동아리 가입은 주로 방과 후에 간단한 면접으로 가부가 결정되었다. 무슨 활동을 하는지도 모르고 몇 개 동아리 면접에 응시했고 줄줄이 낙방했다. 겨우 문예부에 합격했는데, 사실 그때는 글을 읽고 쓰는 것에 그다지 관심이 없었다. 합격하고서야 동아리 가입이 선택사항임을 알았다. 그러나 이미 늦었다.

문예부 활동은 무료했다. 매주 토요일 오후에 모여 시나 소설을 읽고 토론을 했다. 가끔 자신의 시나 에세이를 써 오라는 숙제도 있었다. 매번 모임에는 참석했지만 별 흥미를 느끼지 못하는 나를 보고 선배가 따뜻한 위로의 말을 건네 왔다. 동아리 생활을 하다 보면 문학과는 별개로 소속감이 생기고, 힘든 학교생활을 이겨낼 안식처가 될 거라는, 대충 그런 내용이었다.

학교생활이 힘들기는 했다. 수업은 수업대로 알아먹기 힘들었고, 밤 열 시까지 하는 강제 자율학습은 고역이었다. 자습 시간에 엎드려 자거나 이야기를 하거나 조금이라도 자세가 흐트러지면 복도로 불려 나가 매를 맞았다. 기독교 학교였고 선생님들 대부분은 권사나 장로였다.

선생님들은 예수님의 이름으로 은총의 매를 때렸다. 우리는 질펀하게 맞았다. 동아리는 안식처라기보다는 도피처가 되었다.

그럭저럭 1년이 지나고 2학년이 되기 직전 선배들이 모여 우리 학년의 대표를 지목했다. 2학년 대표는 차장, 3학년 대표는 부장이라 불렸다. 선배들이 논의 끝에 나를 차장으로 임명했다. 한 번도 결석을 하지 않은 성실함이 돋보인다는 것이 이유였다. 어깨가 조금 올라갔다. 그도 그럴 것이, 우리 학년에는 공부를 상당히 잘하는 친구들이 많았기때문이다. 대다수가 훗날 서울대 의대, 연세대 경영학과, 경희대 경영학과, 동아대 의대 등 명문대 명문과에 진학했다. 성적으로 사회적 서열이 매겨지는 것이 시대정신이었으니, 간신히 중위권을 유지하던 내가 그들을 제치고 차장이 된 것은 뿌듯한 승리였다.

얼떨결에 차장이 되자 생각지도 못했던 어려움에 봉착했다. 동아리 대표는 자동으로 전교 학생회 임원이 된다는 걸 몰랐던 거다. 정말이지 그 자리를 고사해야 했는데 이미 늦었다. 2주에 한 번 있는 전교 학생회 모임에 의무적으로 참석해야 했다. 성적 최상위 학생들만이 있는 그 자리에서 나는 일찌감치 고독과 비참함을 배워버렸다.

동아리 내부적으로도 순탄치 않았다. 공부 잘하는 놈들이 노골적으로 반란을 획책했다. 내 지위를 인정하려 하지 않았고, 거의 모든 동아리 활동에 시비를 걸었다. 나를 비롯해 공부를 못하는 몇몇은 여소야대 형국으로 궁지에 몰렸다.

2년간의 동아리 생활은 리더에 대한 짙은 트라우마를 남기고 그렇게 끝이 났다. 그땐 성적 좋은 친구들의 비협조적이고 적대적인 태도가 동아리 생활을 망쳤다고 생각했다. 지금 생각해보면 공부를 못하는 것만이 원인은 아니었다. 리더는 리더로서의 자질이 있어야 했다. 나는 그게 없었다. 한마디로 준비되지 않은 리더였다. 좋은 성적이 리더의 덕목인 시대라면 마땅히 그래야 했다.

가장이 되고 교사가 되고, 나름 소사회의 리더가 된 현재에도 리더가 된다는 것은 여전히 어렵고 두렵다. 결론적으로 말하면 리더는 아무나 하는 게 아니다. 지금 용산에 있는 그분 얘기는 아니다.

여고생 방석이 아니야

나는 사립 남자 고등학교에 다녔다. 우리 학교는 남녀공학 중학교와 붙어 있었고 운동장을 같이 사용했다. 야간에는 여고생이 중학교 교실을 사용했다. 우리가 야간 자율학습을 하고 있을 시간에 여고생들은 수업을 받았다. 여고생들은 낮에 무엇을 할까 우리는 그게 늘 궁금했었다.

자율학습 시간에 감독 선생님의 눈을 피해 장난을 치는 친구들이 더러 있었다. 고요한 어둠 속에서 여고생의 비명소리가 울려 퍼지면 우리는 또 누가 짓궂은 짓을 했구나 하며 힘든 수험생활의 피로를 잊었다.

한날은 누군가가 풍선에 물을 넣어 여고생 교실 창문에 집어 던졌다. 그럴 때면 여고 선생님이 씩씩거리며 우리 건물로 들어와 범인을 찾느라 한동안 난리를 피웠고, 우리는 모두 공범이 되어 침묵했다.

12월 학력고사를 얼마 앞두지 않았을 때였다. 우리는 여고 교실에 들어가 방석을 훔치기로 작당했다. 여고생의 방석에 앉아 시험을 치면 성적이 오른다는 미신이 팽배했던 때였다. 밤 열 시, 여고생들이 학교를 파한 시각에 나를 포함한 세 명이 중학교 교실에 숨어들었다. 채 5분도 되지 않아 우리는 방석 10여 개를 훔쳐 교실로 돌아왔다.

방석을 탐내는 친구들이 많았다. 모두 하나씩 차지하고는 이제 시험을 잘 칠 수 있을 거라는 비합리적 믿음에 흐뭇해하고 있었다. 그런데 그때 누군가가 의문을 제기했다. 이 방석이 여고생의 것인지 중학생의 것인지 알 수 없다는 것이었다. 우리는 곧 심각해졌다. 반드시 여고생의 방석이어야만 했다. 그때 친구 중 한 명이 문제를 해결해 주겠노라 했다. 영화배우 이미연과 소피 마르소를 비롯해 수많은 여자 연예인의 사진을 스크랩하는 것이 취미인 녀석이었다. 자기는 코가 예민해서 냄새만 맡아도 여고생의 방석을 골라낼 수 있다고 했다.

미심쩍은 마음이 없지는 않았지만 달리 방법이 없었다. 그의 코에 우리의 운명을 걸었다. 방석에 코를 박고 킁킁거리며 그는 10여 개의 방석 중 7개가량을 골라냈다. 다행히 내가 고른 방석도 그중 하나였다.

12월 내내 나는 그 방석에 앉아 공부를 했고, 학력고사장에도 가져갔다. 담임 선생님은 떨지 말라고 평소처럼 하면 된다고 하셨다. 선생님 말씀을 잘 듣는 나는 떨지도 않았고 평소처럼 처참한 점수를 받았다. 여고생 방석에 대한 나의 믿음은 견고하다. 시험을 망친 건 친구 놈이 방석을 잘못 골랐기 때문일 것이다. 역시 사람의 후각은 믿을 게 못 된다.

미국인과의 조우

불과 30년 전만 하더라도 지방에서 외국인을 만나는 것은 연예인을 만나는 것만큼 어려웠다. 가끔 외국인을 볼 때면 우리의 편견에 따라 그들은 피부색에 관계없이 무조건 미국인이어야 했고, 그래서 한동안 동경의 시선을 떼지 않았던 것이 일반적인 현상이었다. 혹여 길이라도 물어볼까 하여 부러 에둘러 가는 'Shy Korean'의 전형을 보이는 부류가 있는가 하면, 학교에서 배운 초보적인 수준의 대화라도 해 볼 요량으로 수작을 거는 'Ugly Korean'의 부류도 있었다.

외국인과의 만남이 귀한 경험이었던 것은 학교 영어

선생님들에게도 마찬가지였을 것이다. 분명 선생님들의 발음과 카세트테이프에서 나오는 유창한 원어민의 발음은 확연히 달랐다. 영어과 교육과정 자체가 어법에 치중한 것이었으니, 책으로만 공부한 선생님들의 영어 지식은 수준이 상당했겠지만, 발음이나 구어적 표현을 사용한 의사소통 기능은 시대적 상황에 따라 제한적이었을 것이다.

처음으로 외국인을 만나 대화를 나눈 것은 대학교 1학년 첫 여름 방학 때였다. 파출소에서 야간 방범 활동을 하는 아르바이트 자리를 어렵사리 구했다. 일은 전혀 어렵지 않았다. 저녁 일곱 시 무렵부터 새벽 두 시경까지 방범대원과 조를 이뤄 정해진 구역을 순찰하는 일이었다. 시원한 밤공기를 맞으며 여름 거리를 돌아다니는 것은 일이라기보다 무척 즐거운 마실이었다. 사람들이 쉬 잠들지 않는 여름인지라 담장을 넘는 도둑을 맞닥뜨릴 일도 없었고, 그 흔한 취객 간의 싸움 한 번 일어나지 않았다.

그러던 어느 날 자정 무렵 성난 표정의 택시 기

사가 코 크고 키 큰 미국인 덩치를 데리고 파출소를 찾아왔다. 당최 목적지를 알 수가 없다며, 한국에 왔으면 한국말로 해야 하는 거 아니냐고 애꿎은 경찰에게 소리를 질러댔다. 그때 파출소 안에 있던 경찰과 방범대원들의 시선이 나에게 꽂혔다. 대학생이니 당연히 미국인과의 소통 정도는 식은 죽 먹기 아니겠느냐는 의미심장한 눈빛이었다.

하필 그 시간에 순찰이 없는 것에 대한 안타까움과 동시에 쪽팔림을 당하지는 않아야겠다는 생각이 머릿속에서 교차했다. 어디를 가느냐고 나는 떠듬떠듬 물었고, 그는 무어라 주절주절 오르내리는 톤으로 말했다. 한두 단어 정도는 알아들을 법도 했지만 외국인과의 첫 대면이라는 두려움이 귀를 어지럽혔다.

나는 재빨리 펜과 종이를 내밀며 쓰라고 했다. 그가 쓴 것은 단 두 단어, 'Camp Hialeah'였다. 파출소에서 고작 20분 거리에 있는 미군 부대 이름이었다. 택시 기사에게 목적지를 말해주었고, 어려운 숙제를 해냈다는 안도감에 그제야 나는 자신 있게 한마디를 던졌다.

디스스테이션
무우~화약~져~에~에
어디라는 거야?
당최 영어는 모르겠어.

" Go with him! "

미 군인은 이미 택시 기사를 따라 문을 나서고 있었다.

고등학교를 졸업하며 줄곧 잊고 있었던 영어에 대한 기억이 엄습하는 가운데 불현듯 이런 생각이 들었다. '영어를 읽는 것도 어려운데 듣는 것은 정말 쉽지 않구나. 역시 영어를 포기하길 잘했다.'

그 후 '미군은 철수하라'는 구호를 내걸고 대학생들이 과격 시위를 했다는 뉴스를 접할 때마다 나는 동의의 의미로 고개를 주억거리곤 했다. 미군의 존재가 통일이나 한반도 정세 등에 어떤 영향을 주는지는 알지 못한다. 미군이 철수해야 하는 이유는 오직 하나, 알아듣지도 못하는 영어를 쓰기 때문이다.

중간만 해도 좋은 사회

2009년 6월 17일에 <무릎팍도사>에 출연한 안철수는, 입대하는 날 새벽까지 백신을 만들어 PC통신에 올리느라 정신이 없어 가족들에게 인사도 없이 입대했다는 에피소드를 얘기한 적이 있다. 이 일화는 자신의 일에 몰두하는 천재상으로 상징되어 금성출판사에서 발행하는 고등학교 국어 교과서에 실리기도 했다. 훗날 이에 대해 거짓 논란이 일며 국민적 공분을 사기도 했으나 본인의 입으로 진실 여부를 밝히지 않았으니 알 수 없는 일이다.

아무튼 입대를 앞두고 친구들과 원 없이 술을 마시는

것이 젊은이들의 대세였던 그 즈음, 가족들에게 알리지 않고 입대했다는 스토리를 굳이 가미하지 않아도 공익을 위해 마지막까지 백신 개발에 몰두했다는 것은 존경할 만한 일임에 틀림없다.

입대를 앞둔 나도 일상은 변함이 없었던 것 같다. 국가를 위해 젊음을 바친다는 억울함도 없었고, 갇힌 생활과 가혹행위로 대변되는 군대 생활에 대한 두려움도 없었다. 그냥 아무 생각이 없었다. 심지어 입대 버스를 타고서야 알았다. 내가 머리를 깎지 않았다는 것을. 강원도 인제 원통에서의 군대 생활은 그렇게 시작되었다. 영하 27도에 육박하는 살인적인 추위와 무릎까지 쉬 쌓이는 눈이, 부산에서 줄곧 살아온 내게 무척 생경하게 다가왔을 뿐 훈련소 생활은 그리 고되지 않았다.

남자는 군대를 다녀와야 철이 든다고 했던가. 자대에 배치받기 전 6주간의 짧은 훈련소 기간은 내 삶의 일부를 담금질하는 시간이었고, 그로 인해 나는 조금 더 어른에 가까워졌다. 훈련소에서는 조교의 날카로운 호각소리가 식사 시간을 알렸다. 그러면 우리는 식사 대열의 앞에 서기 위해 국가 비상사태 때보다도 더 빠른 속도로 달려갔다. 빨리 식사를 하려는 이유는 숟가락이 부족했기 때문이다. 식판은 각자 소지하고 있었지만, 숟가락은 공용으로 사용하기 때문에 늦게 식사를 하게 되면 앞사람이 사용한 숟가락을 씻을 틈도 없이 그냥 받아 사용해야 했다. 더럽지만 어쩔 수 없었다.

호각 소리가 울리면 우리는 막사 앞에 4열 종대로 서서 식당을 향해 행군했다. 이내 알게 된 사실 하나는 앞자리에 선다고 해서 빨리 식사를 한다는 보장이 없다는 것이었다. 식당으로 가는 도중에 우리는 '줄줄이 좌로', '줄줄이 우로' 등 조교의 구령에 따라 사열을 하며 갔다. 가장 당혹스러운 것이 '뒤로 돌아 가'였다. 그 한 마디에 맨 앞줄은 순식간에 맨 뒷줄로 전락했다. 군대에서는 중간만 하라는 말처럼 덜 모험적이기를 원한다면 가운데가 가장 무난하다고 할까.

훈련소에서 훈병들은 돌아가며 야간근무를 했다. 한날은 막사 부근에서 경계를 서고 있는데 어둠 속에서 주황색 활동복을 입은 훈병 하나가 화장실을 향해 걸어가고 있었다. 나와 파트너 훈병은 배운 대로 그 자리에 엎드려 총알 없는 총을 겨누며 암구호를 날렸다. 암구호는 전시에 피아를 구분하기 위해 주고받는 일종의 암호로 라면, 소나무, 백두산과 같이 짧고 쉬운 명사를 정해 전 군에 전파되는데, 매일 바뀌는 탓에 간혹 기억이 나지 않는 경우가 많았다.

불시에 날아온 암구호에 그 훈병은 답을 하지 못했고, 우리는 교범에 입각해 그의 양손을 머리에 올리게 한 채 본부로 압송해 갔다. 잔뜩 당혹한 듯한 그의 얼굴엔 같은 훈병끼리 심한 것 아니냐는 원망의 표정이 역력했다. 우리는 본부에서 당직을 서던 간부에게서 칭찬과 상점을 받았다. 반면 그 훈병이 속한 내무반은 전원 팬티 바람으로 막사 밖에 도열하여 얼차려를 받았다. 훗날 같은 자대에 배치받은 동기가 전하는 바에 따르면, 그 내무반원들은 그날 근무를 섰던 훈병을 찾아 보복하려고 이를 갈았다 한다. 살해당할 뻔했다.

훈련소에서의 6주가 끝나고 퇴소를 하루 앞둔 저녁, 우리는 입대 후 처음으로 목욕을 하게 되었다. 그

이렇게 뺑이 돌리는 거 봐서는
저식당 백퍼 맛없다.
조교
식당

목욕은 우리의 청결을 위해서라기보다 퇴소식에 온 부모님들에게 깨끗한 모습을 보임으로써 군대의 이미지를 고취하려는 의도가 다분한 것이었다. 4열 종대로 사열을 하며 도착한 목욕탕은 우리는 기대와 다르게 엄청나게 작았다. 열 명씩 입실을 하게 되어 나머지는 찬바람 속에 서서 기다려야 했다. 탕은 두세 명이 들어가 앉으면 꽉 찰 정도로 작았다. 입실한 열 명은 탕 속으로 들어가는 것이 아니라 탕 앞에 횡대로 섰다. 탕 속에는 병장으로 보이는 사람이 몸을 담그고 때를 밀고 있었고, 두 명의 조교가 작은 세숫대야를 들고 서 있었다.

그들은 우리를 향해 두세 번 물을 끼얹었다. 뜨겁지도 않은 데다 그 병장의 때가 떠 있는 불결한 물이었지만, 우리는 가급적 물을 많이 맞으려 애썼다. 10여 초의 비누질 후에 두 조교는 다시 우리에게 몇 번 물을 끼얹었다. 좌우 끝에 선 훈병들은 물을 제대로 맞지 못해 비누가 채 씻기지 않은 상태였지만 목욕은 그것으로 끝났다. 채 3분도 되지 않는 목욕을 마치고 수건으로 비누를 닦아내며 절실히 느낀 진리 하나, 역시 가운데 서야 그나마 물을 많이 맞을 수 있다는 것.

모두 1등만을 지향하는 사회에서 대충 중간만 해도 무난한 군대 생활은 어쩌면 미덕인지도 모른다. 이상하지만 이상적인 사회가 군대가 아닐까 가끔 되짚어보곤 한다.

하지만 요즘은 군대가 많이 달라졌다고들 한다. 병사들의 외출과 휴대폰 사용이 일상화 되고, 현대화된 시설에 기거하고, 월급이 크게 오르는 등 좀 더 편하고 인간적인 삶을 영위할 수 있다고 한다. 하지만 일반 사회의 병폐까지 닮아가지는 말았으면 좋겠다.

가수 김현철 때문에, 아니 덕분에

누군가 음악의 힘을 맹신하면서 칭송한다면 나는 그에 반대할 이유를 찾지 못한다. 음악의 힘은 강렬하여 때로 우리네 인생을 바꾸기도 한다.

군 복무를 하던 때의 일이다. 아무리 삭막한 군대라 하더라도 병영 내에 군가만 있는 것은 아니다. 대대 본부에서 점심시간을 이용하여 종종 대중가요를 크게 틀어놓았다. 테이프나 CD가 몇 개 없었던 모양인지 같은 노래가 반복되곤 했는데, 이때 자주 들은 노래가 윤종신의 <너의 결혼식>이나 서태지와 아이들의 <하여가>, 투투의 <일과 이분의 일> 등이었다.

어느 날 점심을 먹고 벙크 인근에 짱박혀 있었는데 처음 듣는 노래가 북녘을 향한 포신 위로 내려앉고 있었다. 여자의 퇴폐적인 허스키 보이스와 청량감 있는 남자의 목소리가 어우러져 홍콩 누아르를 닮은 묘한 분위기를 자아내는 노래였다. 노랫말은 알아듣기 힘들었지만 군인의 마음을 쓸어내리는 그 무언가가 있었다.

노래를 따라 흥얼거리는 동기가 있어 물었더니, 가수는 이소라와 김현철이고 제목은 <그대 안의 블루>라 했다. 분명 'blue'라고 들은 것 같았는데 대뜸 뜻이 생각나지 않았다. '우울한'이란 수준 높은 뜻은 둘째치고 '파란' 또는 '푸른'이란 기본적인 의미조차 선뜻 떠오르지 않았다. 고등학교 시절 영어로 고통받고 대학에 들어와 <성문종합영어>에 도전했다 고배를 맛본 후 포기하다시피 했던 영어였지만, 그래도 'blue'는 초등학생도 아는 단어였음에 그 충격의 여파는 컸다.

그날 이후 미래에 대해 진지하게 고민하게 된 것은 오롯이 'blue' 때문이었다. 나는 분명 영어를 외면했고, 영어를 두려워했으며, 영어를 포기했었다. 그리하여 영어에 대한 거의 모든 것을 잊어버리는 지경에 이르렀다. 먼 훗날 내 인생을 돌아보았을 때 무언가를 포기했었다는 그 자괴감을 감당할 수 있을까.

그렇게 일주일여 동안 그 생각에 천착했고, 불현듯 오기가 생겼다. 미국에서는 거지도 사용한다는 영어인데 기꺼이 도전해 보자, 혹여 실패하더라도 나 스스로에게 떳떳해지자는. 전역 후 어찌어찌하다 영어교육으로 전공을 바꾸게 된 계기는 단연 'blue' 그 한 단어였다.

아주 가끔 TV에서 가수 김현철을 본다. 여전히 생긴 건 마음에 들지 않는다. 벌써 50줄에 들어선 그를 보며 인생의 전환점을 맞았던 스물세 살의 나를 기억하려 애쓴다. 그리고 속으로 묻는다. 당신의 노래가 한 사내의 삶을 의미 있게 바꾼 것을 아느냐고.

운수 좋은 해年 1

미국 테니스 선수 세레나 윌리엄스Serena Williams는 자신의 은퇴를 '테니스로부터 새로운 것을 향한 진화로 봐달라'고 했다. 멋진 말이다.

1995년 그해, 내게도 불현듯 진화의 기회가 왔다. 나는 D대학교에서 2년간 철학을 전공했고, 전역 후 영어 공부를 바닥부터 다시 시작했다. 그리고 두 달 만에 『성문종합영어』를 마스터하면서 영어에 자신감이 붙었다. 이참에 영어를 전공해야겠다고 결심했다. 막연한 기대감에 가슴이 부풀었다.

군 복무를 마치고 돌아왔을 때 대학입시는 학력고사에

서 이름도 생소한 수능으로 바뀌어 있었다. 대입을 위해 전 과목을 공부할 수도 없었다. 그러다 우연한 기회에 일반편입을 알게 되었다. 전문대 졸업자나 일반대 재학생을 대상으로 시험을 치러 제적생의 결원을 채우는 제도였다. 대학이나 전공을 바꾸고자 하는 사람에게 편입은 좋은 기회였지만 그 문은 상상할 수 없을 정도로 좁았다. 지인들은 하나같이 만류하며, 그냥 복학하는 것이 무난한 선택이라 했다. 고민과 함께 7월의 폭염이 찾아왔다.

지인들의 충고가 틀린 건 아니었다. 편입의 기회는 적었고, 특히나 인기 학과인 영어과의 편입은 찾아보기 힘들었다. 무엇보다 온전히 공부만 하기에는 경제적으로 너무 궁핍했다. 하지만 그런 이유들로 꿈을 접기엔 나의 열망은 강렬했다. 부모님께서는 아무것도 묻지 않으시고 뜻대로 하라고 하셨다. 다시 공부를 시작했다. 편입의 경쟁률이 아무리 높아도 누군가는 합격의 기쁨을 누리지 않겠는가라며 스스로를 다독였다.

공부를 하면서도 시나브로 불안은 왔다가 스러졌다. 11월 말인가 12월 초쯤이었던 것 같다. 『성문종합영어』

를 넘어 토플을 독파할 즈음 낭보가 들려왔다. 정부가 신교육 수립을 위한 교육 개혁 방안을 발표하면서 편입학의 문호가 넓어진 것이다. 편입학 정원 산출의 기준이 되는 결원의 범위를 제적생에서 휴학생을 포함한 미등록생으로 확대한다는 것이었다. 당장 편입생을 모집하는 대학과 학과가 늘었다.

각 대학의 편입학 시험은 주로 이듬해 1월에 집중되어 있었다. 기회는 많아졌지만 무한정 원서를 넣을 수는 없었다. 당시 가격으로 응시료가 7만 원에서 15만 원가량이었고, 서울에서의 체류비도 무시할 수 없었다. 가장 싸다는 여인숙을 전전했다.

처음 응시한 서울의 H대 영어과는 60.5대 1의 살인적인 경쟁률이었다. 인간적으로 떨어져야 마땅했다. D대 영어과는 40대 1, 또 낙방했다. 영어에 대한 자신감만 있었지 결국 실력이 부족했던 걸까, 자괴감이 밀려왔다. 마지막 기회라 생각하고 모 대학 영어교육학과에 원서를 넣었다. 그나마 20대 1이었다.

약 2주 뒤 합격증을 받았다. 꿈에도 그리던 영어과, 그것도 사범대를 다니게 되었다. 『성문종합영어』 명사편 공부를 시작한 지 9개월 만이었다. 새로운 미래를 향한 변화와 진화의 기회는 그렇게 기적처럼 왔다. 미련 없이 D대 철학과에 자퇴서를 제출했다. 2년간의 철학 공부는 내게 큰 가르침을 주었다. 철학은 나의 길이 아니라는 알토란 같은 일깨움을 주었다.

탈영의 유혹

반성문을 영어로 하면 '글로벌'이라는 아재 개그가 있다. 30년도 더 전에 글로벌 시대를 영도한 이를 전방의 군대에서 만났다. 당시 30대 중반의 노총각이던 포대장은 외모만큼 성격이 더러웠다. 항간에 떠도는 일설에 의하면 여자에게 차일 때마다 병사들에게 분풀이를 한다고 했다. 그래서 그가 데이트를 했을 것 같은 주말이 지나고 나면 우리는 특히 몸을 사렸다.

포대장은 우리를 3단계로 괴롭혔다. 1단계는 무지막지한 폭행이다. 특히 '대가리 박아'를 시켜 놓은 상태에서 배를 걷어차는 것이 주특기였다. 2단계는 모욕주기였다.

병사를 꿇어 앉혀 놓고는 부대에서 키우던 개를 데려와 그 앞에서 "개만도 못한 놈!"이라고 욕을 해댔다. 그 말을 들으며 개와 눈이 마주치면 정말 개가 더 훌륭해 보였다. 3단계는 글로벌이었다. 그는 기본적으로 2,000자 반성문을 쓰게 했는데, 검은색 볼펜으로 쓰다가 5의 배수가 되는 글자는 빨간색으로 적게 했다. 하나라도 틀리거나 내용이 부실하면 반성문은 두 배씩 늘었다. 사탄도 치를 떨 사악한 놈이었다.

어느 겨울 동계훈련을 하던 날이었다. 우리가 진지를 구축하려던 곳에 다른 부대가 막 철수 준비를 하고 있었다. 그런데 우리 부대 차량이 지나가다 다른 부대의 통신 안테나를 부러뜨렸다. 그쪽 부대 상관의 호출이 있었고 무전병이던 내가 불려 갔다.

내가 가진 안테나를 달라는 것이었다. 안테나는 보급이 부족해서 귀한 물건이었다. 내 잘못도 아닌데 내 안테나를 뺏기게 되어 억울한 마음에 혼잣말로 욕을 했다. 그런데 소령이 그걸 듣고는 대뜸 나를 걷어찼다.

"너 뭐라고 했어?"(꼭 욕을 들으면 사람들은 되묻는다.)

"아무 말도 안 했는데 말입니다."

"개새끼라고 했잖아!"(들었는데 왜 묻는 거야?)

나의 반항기 어린 눈을 보고는 그가 갑자기 허리춤에 차고 있던 권총을 빼들어 내 머리통을 겨누었다. 영화에서나 보던 장면이 현실로 구현될 줄은 몰랐다. 빈 총이려니 생각하면서도 간담이 서늘해졌다.

"훈련도 전쟁이나 마찬가지다. 넌 총살감이야, 인마! 손들고 꿇어앉아 있어, 새꺄!"

안 그래도 겨울바람이 매서운 들판에서 벌을 서고 있으려니 몸과 마음이 시렸다. 철수하는 상대 부대와 진지를 구축하는 우리 부대의 숱한 병사들이 비웃듯 쳐다보며 지나갔다. 고등학교를 졸업한 이후 꿇어앉아 손들고 있는 벌은 끝인 줄 알았다. 너무 쪽팔려서 탈영을 하고 싶었다. 집보다는 북한 땅이 더 가까웠다. 이래서 월북을 하는 걸까. 아무튼 우리 사악한 포대장이 싹싹 빌고 나

서야 나는 풀려났다.

포대장의 본격적인 갈굼은 부대에 복귀한 후 시작되었다. 나는 포대장실로 불려 갔다. 1단계로 배를 걷어차이고, 2단계로 개 앞에서 욕도 들었다. 드디어 3단계 글로벌 차례였다.

2,000자가 아닌 5,000자를 이튿날 아침까지 제출하라고 했다. 밤새 검은색 볼펜과 빨간색 볼펜을 번갈아 가며 반성문을 적었다. 정말 북한으로 가 수령님의 품에 안기고 싶었다.

야한 잡지의 쓸모

강원도에서 포대 통신병으로 근무할 때의 일이다. 훈련 중 야전에 뿌려놓은 전화선을 걷으러 후임 한 명을 데리고 외출을 했다. 통신선은 일찌감치 걷었고 귀대 시간이 많이 남아 우리는 인근 가게에서 낮술을 거하게 했다. 모처럼의 해방감에 기분이 들떴다.

거나하게 한잔 걸치고 가게를 나와 어슬렁거리는데, 전방에서 지프차가 다가오는 게 보였다. 누가 타고 있는지는 알 수 없지만, 우리의 불콰해진 얼굴을 들킬 양이면 그야말로 영창감이었다. 우리는 얼른 인근 시골집의 창고로 숨어들었다. 약간 시큼한 냄새가 나긴 했지만,

창고 안은 우리가 몸을 누일 만큼의 공간이 있었다. 곧 우리는 깊은 잠에 빠졌다.

서너 시간은 족히 잤던 것 같다. 초봄의 서늘한 기운에 잠에서 깨 정신을 차리고 보니 그곳은 창고를 겸한 재래식 변소였다. 머리를 두었던 곳에서 그리 멀지 않은 바닥에 변소 구멍이 있었고 불결한 냄새가 스멀스멀 흘러나오고 있었다. 먹었던 술이 역류하며 구역질이 나왔다.

여전히 자고 있는 후임을 깨워 창고를 나서려는데, 구석에 쌓여 있는 잡지들이 보였다. 말로만 듣던 《플레이보이Playboy》가 십여 권은 족히 되어 보였다. 극도로 수위 높은 사진이 가득했고, 내용은 온통 영어로 적혀 있었다. 우리나라에서는 판매가 되지 않지만 미군 부대를 통해 유입된다는 얘기를 들은 적이 있었다. 그 잡지를 시골집 창고에서 발견하다니 이건 분명 횡재였다.

우리는 잡지를 챙겨 들고 부대로 복귀했다. 전쟁에서 이기고 전리품을 챙겨 온 장수마냥 어깨에 힘이 들어갔다. 노총각 포대장에게 한 권을 바치고, 나머지는 찢어서 포대원들에게 배포했다. 모범 병사라며 고참들은 모두 박수를 보냈다. 그날 저녁 전 포대원들은 독서모드로 전환했다. 늘 보던 TV도 켜지 않고 사진 감상에 여념이 없었다. 기분이 한껏 좋아진 포대장은 점호를 생략한다며 무한 자유시간을 부여했다. 그리고 야한 사진 사이에 어떤 내용이 있는지 궁금하다며 영어를 잘하는 이를 불러 해석을 시켰다. 잘 기억은 나지 않지만, 사진과 본문의 내용은 그리 연관성이 없었던 것 같다.

한 달 뒤 나는 포대장의 추천으로 4박 5일의 포상 휴가를 가게 되었다. 추천 사유는 병영 내 외국어 학습 분위기 조성 및 사기 진작이었다.

1980S
1990S
우천시
톰과 제리
조교

2000S 2010S

2부
비틀거리며 꿈을 향해 가다

인상이 더러워서

대학교 1학년 때 J를 만났다. 그는 한 학년 위 선배였다. 첫 만남부터 그의 인상은 강렬했다. 아니 인상이 너무 더러웠다. 스물한 살임에도 머리에 새치가 3분의 1은 되었고, 그나마도 잘 씻지 않는지 늘 부스스했다.

매부리코는 네 시 방향으로 휘어져 있었고, 니코틴이 잔뜩 낀 누런 이는 어느 하나 고르지 않았다. 외모가 경쟁력인 사회에서 1미터 80에 가까운 훤칠한 키를 빼면 그는 인간으로 분류되기 힘든 외모였다. 그냥 포유류였다.

그가 동기들에게서 '악마의 자식'으로 불린다는 것은 나중에 들어 알게 되었다. 순진해 보이는 동기를 화장실로 불러 커트 칼을 들이대고 밥을 사라고 협박했다는 일화는 유명했다. 밥을 사지 않은 동기가 없다고 했다. 단언컨대 칼보다 그의 얼굴이 더 위협적이었을 것이다.

그래도 막상 친해지고 보니 그는 꽤 괜찮은 사람이었다. 나름 순수하고 낭만을 좋아하는 문학청년이었다. 시와 수필도 곧잘 썼는데, 그의 얼굴과 작품을 오버랩하면 감동이 바랬다.

한날은 그가 카페 아르바이트를 구해야겠다며 나에게 동행해 달라고 했다. 아르바이트생을 구하기 위해 전단지를 붙이던 시대였다. 전단지를 보고 열 군데가 넘는 카페를 들렀지만, 그의 얼굴을 본 주인들은 단박에 거절했다. 주인들의 선택이 이해가 되었다. 내가 주인이었다면 그가 손님으로 왔어도 거절했을 터였다.

나는 슬며시 그에게 차라리 노가다를 하라고 권했다. 하지만 그는 글을 짓는 손에 삽을 들 순 없다며, 자신에게는 음악과 커피 향이 어울린다고 귀신 씻나락 까먹고 오바이트하는 소리를 했다.

결국 그도 지쳤는지 마지막으로 한 군데만 더 가보고

안 되면 포기하겠다고 했다. 난 포기한 지 오래였다. 카페는 2층에 있었고 1층 현관에 전단지가 붙어있었다.

'좋은 인상, 아르바이트 구함, 18:00~20:00'

대놓고 인상이 좋아야 한다고 적혀 있는 것을 보고 그는 자못 실망한 기색이 역력했다.

포기하고 밥을 먹으러 갔다. 동행해 줘 고맙다며 그가 밥을 샀다. 많이 먹으라고 했다. 여전히 네 시를 가리키는 매부리코와 그 아래 불규칙한 치아로 우걱우걱 밥을 씹는 그의 면전에서 나는 식욕을 잃었다.

몇 주 후 그는 카페 아르바이트를 구하는 데 성공했다. 순전히 면접을 통한 것은 아니었고 일종의 지인 찬스였다. 먼 친척이 운영하는 카페라고 했다. 그리고 나중에 알았다. 마지막에 포기한 그 카페는 가게 이름이 '좋은 인상'이었다.

안 미칠 결심

대학교 1학년 2학기 독일 철학 수업 시간이었다. 강의실로 들어온 연로한 교수는 여느 때와 달리 몹시 화가 나 보였다. 가타부타 인사도 없이 칠판에 강렬한 구호를 큼지막하게 썼다.

'붉은 무리 몰아내고 철인 왕국 이룩하자!'

그러고는 혼자 큰 소리로 구호를 읽었다. 영문을 모르는 우리는 서로의 얼굴만 바라보고 있었다. 그런데 갑자기 교수가 한 명씩 앞으로 나와 구호를 외치라고 했다. 우

리가 대학물을 먹기는 했지만 그래도 아직은 순수한 1학년이었다. 어느 누구도 교수의 느닷없는 행동에 이의를 제기하지 못했다.

그때 누군가가 손을 들었다. 우리보다 서너 살은 많은 복학생이었다. 그는 붉은 무리가 뭐냐고 따지듯이 물었다. 교수가 그를 앞으로 나오라고 했고, 그는 거침없이 교수를 향해 나갔다. 교수가 그의 빨간 티셔츠를 잡아당기며 "이게 붉은 무리다!"라고 했다. 하필 그는 왜 그날따라 어울리지도 않는 붉은 티셔츠를 입고 있었을까.

그래도 당시엔 교수에 대해 깍듯이 예의를 지키던 시대였다. 복학생은 티셔츠보다 더 빨개진 얼굴로 강의실을 나갔다. 교수는 괘씸하다며 복학생의 이름을 우리에게 물었다. 아무도 대답하지 않았다. 그는 욕설을 내뱉으며 출석부에서 기어이 복학생의 이름을 찾아내어 체크를 했다. 그리고 우리에게 얼른 앞으로 나와 구호를 외치라고 다그쳤다.

몇 명의 학생이 쭈뼛거리며 나가 구호를 외쳤다. 목소리가 작으면 교수는 다시 하라고 했다. 붉은 무리를 몰아내자더니 빨갱이들의 당원대회가 이보다 살벌할까.

드디어 내 차례가 되었다. '교수님의 강요에 따를 수 없습니다. 무슨 뜻인지도 모르는 구호를 바보처럼 외치지 않겠습니다.'라고 말하는 내 모습을 잠시 상상했다.

하지만 내 몸은 생각과 달리 움직였다. 나는 그 누구보다도 크고 또렷한 목소리로 구호를 외쳤다. 교수가 꽤 흡족한 표정을 지으며 내 이름을 물었다. A+를 주겠다고 했다. 이름도 크게 말했다.

그날 이후 교수는 휴강을 거듭했고 두 번 다시 그를 만나지 못했다. 학교에서 잘렸다는 소문도 들렸고, 외국 어디론가 안식년을 갔다는 말도 있었다. 우리는 교수가 미쳤다고 결론지었다. 너무 연구를 열심히 해서 미친 거라고 생각했다. 그리고 우리는 미치지 말자고, 공부를 너무 열심히 하지 말자고 다짐했다.

그 과목에서 A+를 받지도 못했다. 찾아가 따질 교수가 없었다. A+ 준다는 교수도 미쳤지만 그 말을 믿은 나도 미쳤다.

이듬해 2월, 나는 입대해 전방에서 북한군과 대치했다. 붉지는 않았다.

영어로 말을 못 해서

2년의 대학 생활을 마치고 편입학하여 나는 다시 2학년이 되었다. 3월의 캠퍼스엔 봄기운이 완연했다. 영어교육학과 학생으로서의 첫 등교라 기대 반 두려움 반으로 가슴이 설렜다.

첫 수업은 '중급 영작문'이었다. 『성문종합영어』에 나오는 거의 모든 구문과 고급 표현을 섭렵하였기에 내심 기대되는 수업이었다. 하지만 강의실로 들어서는 교수를 보고 난 한겨울처럼 얼어버렸다. 중년의 캐나다 원어민 교수였다. 하필 첫 수업에 원어민이라니. 아주 오래전에 미군에게 길을 가르쳐 준 이후 처음 만나는 원어민이었다. 글로만 영어를 공부한 탓에 당최 한마디도 알아들을 수 없었다. 그녀는 굉장히 빠른 속도로 말을 쏟아냈다.

그녀는 꽤나 재미있는 사람이었던지 그녀의 한마디 한마디에 학생들은 연거푸 웃음을 터뜨렸다. 동급생들은 1학년 때부터 익히 수업을 들었던 터라 그녀의 영어에 익숙했다. 난감했다. 교수와 대화를 주고받는 학생들의 영어는 꽤 유창했다. 기가 죽어 그저 옆에서 웃으면 따라 웃고, 고개를 끄덕이면 같이 끄덕였다. 데이비드 리스먼David Riesman이 말한 '군중 속의 고독'을 절실히 체감하는 순간이었다.

그 와중에 복학생 K와 눈이 마주쳤다. 그는 나와 같은 표정을 짓고 있었다. 그도 나와 같은 처지임을 단박에 알아차렸다. 갑자기 외로움이 사라졌다. 나중에 안 사실이지만 그는 대학생활에 적응이 힘들어 일찌감치 군대를 다녀온 터였다.

첫 강의였음에도 교수는 쉬는 시간도 없이 꼬박 두 시간을 채웠다. 지옥 같은 시간이었다. 수업이 끝나고서야 과제가 부여된 것을 알았다. 영어 교사가 되기는커녕 졸업이나 할 수 있을까 하는 불안감이 엄습했다. 나는 머리를 쥐어뜯고 있는 K에게 말을 건넸다. 그리고 우리는 이 수업을 다음 학기로 연기하자고 의견의 일치를 보았다. 전공 필수였지만 당장 원어민 교수의 수업을 감당하기엔 역부족이었다. 같이 교수를 찾아가 수업을 포기하겠노라 말하기로 했다.

온갖 원서로 가득한 교수의 방에 들어서자 절로 주눅이 들었다. 교수는 만면에 웃음을 띠고 여전히 알아듣지 못하는 말을 했다. 용건이 무엇이냐고 물었을 것으로 짐작하며 '교수님의 수업을 소화하기엔 아직 능력이 모자라는 것 같습니다. 좀 더 실력을 키워 교수님의 수업을 다시 수강하겠습니다.'라고 유창한 영어로 말하는 나의 모습을 잠시 상상했다. 우리는 그저 말을 잇지 못하고 서 있었다. 영어를 잘했다면 수업을 포기할 리 없었고, 수업을 포기하자니 영어로 말을 잘해야 하는 아이러니한 상황이었다. 나는 K를 보았고, K는 나를 보았다. 그리고 결국 어색한 웃음만 짓다 방을 나오고 말았다.

그 후로 악착같이 수업에 임했다. 여전히 잘 알아듣지는 못했지만, 점점 그녀의 영어에 익숙해졌다. 퇴고에 퇴고를 거쳐 오류 없는 과제를 제출하려 노력했고, 기적처럼 A+를 받았다. 캐나다가 좋아졌다.

나만 무식한 건 아니었네

대학교 2학년 2학기 중급 영어 회화 시간이었다. 아직 영어 회화엔 자신이 없던 터라 강의실 뒤쪽에 자리 잡고 앉아 자못 긴장하고 있었다. 캐나다에서 온 40대 원어민 여교수가 담당이었다. 한국인 남성과 결혼했다가 이혼하고 홀로 산다는 소문이 있었다. 첫 시간부터 수업은 강도 높게 진행되었다. 그녀의 속사포 같은 영어는 당최 알아먹기 힘들었다.

내 뒤에는 낯선 남학생이 앉아 있었다. 분명 같은 과 학생은 아닌 듯하여 정체를 물었다. 공대생이라며 취업하는 데 도움이 될까 하여 회화 수업을 신청했다고 했다.

그는 수업 시간 내내 교수가 무슨 말을 하는지 내게 물었다. 분명 영어 실력이 나와 별반 다를 게 없는 듯했다. 강의 초반, 교수가 가방에서 프린트물을 꺼내 나눠주었다. 내가 받은 종이가 마지막이었다. 뒤쪽에 앉아 있는 공대생에게 프린트가 모자란다고 말했다. 그는 무척 난감해하며 손을 들었다. 교수가 그를 보고 말했다.

"What can I do for you?"

그는 얼굴이 샛빨개져 더듬더듬 말했다.

"I don't. , I. paper. one. "

그의 말을 알아챈 교수가 앞으로 나오라며 손짓을 했다. 그가 앞으로 나가자 교수는 가방에서 프린트물을 더 꺼내다 그만 땅에 몇 장을 흘렸다. 그리고 이어진 외마디 비명!

"Oops!"

"아, 없어요?"

'Oops'를 '없어'로 잘못 알아들은 것이 분명했다. 공대생이 돌아서 들어오려는 걸 교수가 붙잡고 종이 한 장을 건넸다.

그 장면을 지켜보며 나는 회심의 미소를 지었다. 이 수업에서 꼴찌를 하지는 않겠구나 하는 확신이 들었다. 갑자기 기분이 좋아졌다. 그가 과목 변경을 하지 않기를 간절히 빌었다.

내가 카세트 플레이어를 갖지 못할 상인가

대학에 합격한 후 상경하는 나에게 형은 카세트 플레이어를 선물해 주었다. 당시 형은 주머니 사정이 넉넉지 않았다. 형이 준 플레이어는 서쪽으로 아주 가까운 외국(?)에서 수입한 초저가 제품이었다. 가격이 가격인지라 무척 투박한 그 물건은 재생, 정지, 빠르게 감기 버튼 세 가지만 있을 뿐 되감기가 없었다. 그래서 이해 못 한 부분을 다시 듣기 위해서는 카세트를 꺼내 뒤집어 넣고 빨리 감은 후 다시 뒤집어 넣는 수고를 해야 했다.

그래도 좋았다. 시간만 나면 캠퍼스 잔디에 누워 카세트를 듣고 또 들었다. 보름도 채 지나지 않아 그 물건은 딱 값어치에 걸맞은 역할만을 하고 작동을 멈추었다.

그즈음 다섯 살 아래 후배의 자취방에 놀러 간 적이 있었다. 한눈에 보아도 월세가 만만치 않을 무척 깔끔하고 제법 큰 원룸이었다. TV, 침대와 에어컨이 갖추어져 있었고, 온갖 두꺼운 원서들과 고사양의 데스크톱까지, 허름한 독서실에 기거하는 내가 보기엔 아방궁이 따로 없었다.

무엇보다 내 눈길을 끈 것은 '닥터위콤'이었다. 당시 유행하던 고가의 어학용 기기가 녀석의 원목 책상 위에 놓여 있었다. 충격적이었다. 나는 걸어가는데 내 경쟁자는 고급 세단을 타고 간다는 느낌이 이런 걸까. 그날 이후 녀석을 제거하고 닥터위콤을 차지하는 꿈을 꾸었다. 실제로도 그를 만날 때마다 강렬한 살인 충동을 억제하기 힘들었다.

방학을 맞아 부산으로 내려왔을 때 부러 K대를 찾았다. 거긴 큼지막한 어학실이 있었는데, 닥터위콤 수준엔 턱없이 못 미치지만 헤드셋이 달린 어학기기가 있었다. 기필코 한 대를 차지하기로 마음먹었다. 그곳에는 근로 장학생으로 보이는 관리자가 늘 상주해 있었다. 사흘여를 지켜본 결과 그는 화장실을 갈 때를 제외하곤 줄곧 자리를 지켰는데, 그 시간은 대략 3분 남짓이었다.

어느 날 준비해 간 드라이버로 미리 나사를 풀어놓고 관리자가 자리를 비우기만을 기다렸다. 심장이 요동쳤다. 드디어 그가 자리를 떴을 때 나는 망설임 없이 가방에 기기를 쑤셔 넣고 정문으로 내달렸다. 흔히 범인은 반드시 현장에 나타난다고 했다. 그래서 그로부터 3년간 그 근처엔 가지도 않았다.

기기는 환상적이었다. 녹음 기능이나 반복 재생 따위의 고급 기능은 없었지만, 헤드셋에서 들려오는 원어민의 목소리는 무척 달콤했다. 후배 녀석에 대한 살인 충동도 더 이상 일지 않았다. 하지만 힘들게 훔쳐 온 그 기기를 사용한 시간은 그리 많지 않았다. 크기가 상당한 만큼 들고 다닐 수 없었다. 역시나 이동성이 간절했다. 늘 이어폰을 끼고 캠퍼스를 다니는 후배 녀석에 대한 살인 충동이 다시금 일었다.

이듬해, 학교에서 대략 6킬로미터쯤 떨어진 곳

에 있는 개인병원에서 야간 경비 아르바이트를 하게 되었다. 첫 월급을 받아 들고 꿈에도 그리던 휴대용 카세트 플레이어를 5만 원에 샀다. 출퇴근을 위해 중고 자전거도 3만 원에 구입했다. 다음날 아침, 경비를 마치고 학교로 가는 길은 무척 설렜다. 이어폰으로 영어 뉴스가 담긴 카세트를 들으며 자전거 페달을 굴렸다. 인도가 무척 좁아 차도로 달리는데, 아무래도 뒤에서 쌩쌩 달려오는 차들이 불안했다.

차라리 차를 보며 달리는 것이 낫겠다 싶어 역주행을 했다. 불과 2미터 남짓 달렸을까, 골목에서 차도로 접어들던 봉고차 한 대가 나를 덮쳐 왔다. 순간 본능적으로 자전거를 버리고 인도로 몸을 날렸다. 정신을 차렸을 때 자전거는 봉고차 아래에 쑤셔 박혀 있었고, 카세트 플레이어는 앞바퀴에 즈려 밟혀 있었다. 차량 기사가 욕을 하며 자전거를 꺼내 내 앞에 던져버리는 것을 황망히 보고만 있었다. 봉고차는 사라지고, 카세트 플레이어의 잔해와 반쯤 구겨진 자전거만이 남았다. 내 첫 카세트 플레이어는 그렇게 드라이아이스마냥 사라졌다. 울고 싶었다.

고독을 아시나요

가판대 무료신문 구인란을 보고 우유 보급소를 찾아갔다. 이른 아침에 일을 하면 학업에 큰 지장이 없을 거라 생각하여 내린 판단이었다. 보급소 주인은 대뜸 보증금 50만 원을 요구했다. 보증금 낼 돈 있으면 우유 배달을 왜 하겠냐고 버텼다. 젊은 대학생의 호기로운 모습이 먹혔는지, 배달원 구하기가 힘들었는지는 모른다. 아무튼 보증금 없이 우유 배달을 시작하게 되었다.

무면허였고 여태 오토바이를 타 본 적이 없었다. 당장 이튿날 새벽부터 배달 구역을 돌아야 하는데 오토바이를 탈 수 있을까 내심 걱정이 되었다. 평소에 낯을 튼 학교 근처 식당 주인에게 통사정하여 오토바이를 빌렸다. 클러치 없는 배달용 소형 오토바이라 생각보다 쉬웠다. 골목 여기저기를 10여 분 돌다 자신감이 생겼다.

때마침 식당 주인의 아들 녀석을 만났다. 초등학교 6학년쯤 되는 아이였는데, 가끔 눈인사를 하는 사이였다. 뒤에 태우고 좀 더 골목을 돌았다. 너무 천천히 달린다고 녀석이 보챘다. 아빠는 씽씽 달린다고 했다. 녀석에게 뭔가를 보여줄 의무감을 느꼈다.

골목을 나와 큰 도로로 진입했다. 크게 좌회전을 하는데, 정차해 있던 시내버스가 갑자기 출발하며 차선을 변경했다. 아직 브레이크에 익숙하지 않은 게 화근이었다. 회전하는 속도를 못 이겨 그대로 쓰러졌다. 오토바이에 깔린 다리와 무릎이 아팠지만, 벌떡 일어나 오토바이를 일으켜 세웠다. 경찰이라도 나타나면 당장 무면허에 헬멧 미착용으로 벌금 꽤나 물어야 할 판이었다. 식당 주인 아들 녀석도 다리가 아픈지 절뚝거리며 일어섰다. 다행히 다친 데는 없어 보였다. 오토바이도 상한 데는 없었다.

도로를 벗어나 한적한 곳에 오토바이를 세우고 녀석을

설득했다. 아버지가 사랑하는 네가 사고당한 소식을 듣는다면 네 아버지 마음이 어떨까. 아버지가 일하시는 데 쓰는 오토바이가 운행 중 쓰러졌다는 소식을 듣는다면 네 아버지 마음이 또 어떨까. 그러니 좀 전의 사고는 말하지 않는 것으로 하자. 이것은 오직 네 아버지를 걱정해서 하는 말이다. 대충 이런 논리를 폈는데, 녀석은 고개를 주억거리며 함구하겠노라 약속했다. 후일담은 알지 못한다. 오토바이를 돌려주고 그날 이후로는 그 식당 근처에도 가지 않았으니까.

우유 배달은 생각보다 쉽지 않았다. 매일 새벽 네 시 반이면 보급소로 가 그날 배달할 우유를 챙겨 담았다. 왜 사람들은 한결같지 않은 걸까. 우유를 주문하는 사람들의 요구는 천차만별이었다. 이틀에 한 번 배달해 달라거나, 월, 수, 금은 큰 용량으로, 나머지 요일은 작은 것으로 배달하고, 어느 날은 이 제품으로, 어느 날은 저 제품으로 배달하라는 식이었다. 그렇게 분류한 우유는 큰 플라스틱 상자 두 개를 조금 넘는 분량이었다. 배달하는 데는 꼬박 두 시간이 넘게 걸렸다.

동상이 돼버릴 것 같다.
달달달달…

여름날 새벽 인적 없는 길을 달리면 상쾌했다. 배달 코스는 조금 복잡했지만 이내 익숙해졌다. 골목 이곳저곳을 돌고 주택가를 벗어나면 달동네가 다음 코스였다. 달동네로 올라가는 초입에는 제법 경사가 있는 오르막이 있었다.

가파른 오르막을 오르기 위해서는 1단으로 변속해야 했다. 이제는 제법 익숙해진 길이었지만 그날은 어쩐 일인지 제때 변속을 하지 못하고 오르막에 진입해 버렸다. 변속하기에는 이미 늦어 다급히 브레이크를 잡았다. 경사가 가팔라 발 브레이크와 손 브레이크를 둘 다 잡았다. 브레이크를 잡은 손으로 액셀을 돌리는 것은 불가능했다. 그렇다고 오토바이에서 내릴 수도 없었다. 자칫하면 수십 개의 우유가 비탈 아래로 굴러가 버릴지도 몰랐다. 왼발은 땅을 딛고, 오른발과 오른손은 브레이크를 잡은 채 마냥 서 있을 수밖에 없었다.

어둠이 가시지 않은 시각, 사위엔 아무도 없었다. 시간이 얼마나 흘렀을까. 다리와 팔이 저려 왔지만, 우유를 지켜야만 한다는 오롯한 생각뿐이었다. 영화나 드라마에서나 들었던 그 말이 나도 몰래 입에서 흘러나왔다.

"살려주세요!"

그 순간 나는 이 넓은 세상에 혼자였다. 변진섭의 노랫말처럼 이별은 두렵지 않고 눈물은 참을 수 있었다. 하지만 홀로 된다는 것이 나를 슬프게 했다.

아침잠 없는 어느 노인분이 나타나지 않았다면 나의 처절한 고독은 끝나지 않았을지도 모른다. 배달인들은 외로움을 싣고 달린다.

잔반의 미덕

1987년 여름에 개봉한 영화 <Back To the Future 1> 마지막 장면에는 미래에서 돌아온 브라운 박사가 등장한다. 박사는 버려진 음식물 쓰레기를 차에 집어넣어 연료로 사용한다. 당시엔 꿈같은 이야기였다. 하지만 오늘날 많은 전문가가 미래의 에너지원으로 바이오에너지를 주목하고 있는 걸 보면 역시 시대를 앞서가는 영화적 상상력이 대단하다는 생각이 든다. 이 기술이 상용화된다면 음식물 쓰레기는 줄어들게 되는 것일까.

그보다 이런 질문을 던지고 싶다. 과연 음식물 쓰레기는 없어져야 하는 것일까. 집 떠나 대학을 다니던 시절, 무던히도 배가 고팠다. 이삼 일 굶는 것은 일상이고 보름여까지 굶은 적도 많았으니, 나의 생존 능력은 가히 탁월했다. 노가다와 갖가지 아르바이트로 버는 돈은 학비와 생활비를 위해 아껴야 했다. 독서실 월세-당시 나는 독서실에 살았다-와 책값 등 필수적인 지출은 감내해야 했지만, 그 외의 지출은 일체 없앴다. 특히 식비는 사치 품목이었다. 살기 위해 먹어야 했지만 먹기 위해 돈을 쓸 수는 없었다.

끼니를 해결할 수 있는 방법은 다양했다. 친구들과 선배들에게 조금만 비굴해지면 밥 한 끼 정도는 얻어먹을 수 있었다. 서울깍쟁이, 인천 짠돌이도 가끔은 나를 위해 밥값을 지불했다. 생각해보면 무던히도 많은 사람들에게 밥을 얻어먹었다. 나의 주머니 사정을 알 리 없는 후배가 밥이라도 사 달라고 안겨들 때면 죽이고 싶었다. 그래서 후배들을 피해 다녔고, 지금도 딱히 떠오르는 후배가 없다. 군부독재에 항거하는 후배가 있었다면 나는 기꺼이 독재자의 편에 섰을 것이다. 후배들을 향해 아낌없이 화염병을 던졌을 것이다.

저녁에는 대학가 술집을 다녔다. 어둠이 내리고 술꾼들이 거나하게 한잔할 시간이 되면 아무 술집이고 들어갔다.

반드시 아는 이가 있을 거란 믿음은 어김이 없었다. 누군가를 찾는 양 두리번거리는 척하고 있으면 동석하라고 권하는 놈들이 있었다. 그러면 못 이기는 척 앉아 공짜 술과 안주를 먹었다. 반드시 모임이 끝나기 전에 먼저 자리를 뜨는 것이 나의 핵심 전략이라고 할까. 다만 너무 남용하면 입소문이 난다는 단점이 있었다.

대학 구내에는 신기하게도 200원짜리 라면이 있었다. 인건비와 재료비를 충당하기에 턱없이 모자란 가격이었지만 전통이라 그 가격을 고수한다고 했다. 나 같은 학생에게는 사막의 오아시스와도 같았다. 배고플 때면 라면 한 그릇으로 하루를 버텼다. 참으로 많이 먹었다. 영양보다는 염분이 더 많은 음식이었지만 그래도 먹고 나면 배는 불렀다.

단돈 200원도 없을 때면 라면 코너 옆 자율 배식하는 단무지를 먹었다. 일하시는 분들 눈을 피해 단무지만을 먹었다. 배부를 때까지 먹었다. 어제도 먹고 오늘도 먹었다. 단무지를 많이 먹으면 정말 얼굴이 노래진다. 혀도 노랗고 침도 노랗고 오줌은 샛노랗다. 공짜 단무지도 단점이 있었다. 한 달여 단무지만 먹다 보면 냄새만 맡아도 구역질이 나는 단계에 이른다. 소설 <노란 손수건>을 내가 싫어하는 이유다.

손쉽고 맛있게 허기를 달랠 수 있는 방법은 또 있었다. 점심시간이나 저녁시간에 교수 연구실이 줄지어 있는 복도에는 가끔 문 앞에 짜장면 그릇이 놓여 있었다. 몇 가닥의 면발이 남은 그릇이라도 발견하면 지나가는 사람이 없을 때까지 자리를 지켰다. 그리고 후다닥 면을 빨았다. 행복했다. 군만두를 자주 남기는 국어교육과의 모 교수님을 나는 누구보다도 존경한다. 교수의 역량은 역시 학식이 아니라 소식이다.

2022년 1월 중앙일보의 보도에 따르면 국내에서 하루에 배출되는 식품 관련 쓰레기는 2만 톤이 넘는다고 한다. 온 국민이 하루 400그램의 음식물 쓰레기를 버리는 꼴이라 한다. 장 지글러Jean Ziegler가 『왜 세계의 절반은 굶주리는가』에서 5초에 한 명씩 기아로 죽어가는 현실을 토로한 것과 비교하면, 버려진 음식물은 쓰레기가 아니라 죄악에 가깝다.

하지만 가끔은 음식을 남기는 것도 미덕이 된다. 배고픈 누군가에겐 일용할 양식이 된다. 물론 음식 남기는 것을 옹호하는 것은 아니다.

취미가 마라톤

대학 3학년 때 개인병원에서 야간 당직 아르바이트를 했다. 어느 날 원무과장이 사무실에 새 텔레비전을 들여놓았다. 기존에 쓰던 것도 조금 낡긴 했지만 잘 작동했다. 간호사 한 명이 헌 텔레비전을 가져가겠다고 했다. 그러면서 내 얼굴을 쓰윽 쳐다보았다. 배달해 달라는 무언의 압력이 느껴졌다.

그녀는 미혼이었고 20대 후반의 나이라고 들었다. 하지만 냉철하게 판단하건대 그 얼굴은 20대라고 하기엔 무리가 있었다. 두껍게 화장을 하고 다녔지만 그래도 전혀 예쁘지 않아 나는 평소에도 거의 눈길조차 주지 않았다. 미혼일 수밖에 없는 얼굴이었다. 배달을 해 주겠다고 말하지도 않았는데 그녀는 내게 아파트 이름과 동호수를 알려주며 자신이 비번인 날에 가져다 달라고 했다. 그리고 꼭 경비실에 들렀다 오라는 당부를 했다. 갑질이라고 하기엔 간호사도 그리 갑의 입장은 아니라 그냥 참았다.

이틀 뒤 오후 강의가 없어 시간이 비었다. 병원에 들러 텔레비전을 들고 그녀의 아파트로 갔다. 텔레비전은 꽤 묵직했고, 나르는데 땀이 꽤 흘렀다. 수고비까지 바라지는 않았지만 밥 한 끼 정도는 사 주겠지 하며 내심 기대를 했다. 게다가 아파트는 병원에서 버스로 다섯 정거장 거리였다.

도착하니 경비실에는 아무도 없었다. 경비실을 그냥 지나쳐 그녀의 집으로 가서 텔레비전을 설치했다. 채널을 돌려 이상 없이 작동하는 것까지 확인했는데도 그녀는 아무 말이 없었다. 내 시나리오상으로는 분명 지갑을 열거나 인근 식당으로 가자고 해야 마땅했지만 별수 없이 그냥 나왔다. 역시 미혼일 수밖에 없는 인성이었다.

아파트를 나오는데 경비실 창문이 열리며 경비 아저씨가 뭐라 소리쳤다. 무시하고 그냥 가는데 아저씨가 문을 벌컥 열고 나와 나를 쫓아왔다. 60대 초반은 족히 됨직한 나이에 주름이 깊어 매우 험상궂은 얼굴이었다. 아무 잘못도 안 했지만 나는 본능적으로 달렸다.

"저놈 잡아라!"

그가 나를 쫓기 시작했다. 그 기세가 무서워 나도 계속 달렸다. 백 미터 쯤 달아나면 포기할 줄 알았다. 그가 계속 쫓아왔다. 노인이니 그래도 곧 포기하겠지 하며 계속 달아나는데, 이상하게 점점 거리가 좁혀졌다. 헉헉거리는 숨소리는 등 뒤가 아니라 나에게서 나고 있었다. 그때 그가 뒤에서 하는 말이 들렸다.

"오냐, 오랜만에 뛰어보자. 내 취미가 마라톤이야, 인마!"

그 말을 들으니 다리에 힘이 풀렸다. 나는 제풀에 지쳐 바닥에 주저앉아 숨을 헐떡였다. 아저씨가 내 뒷덜미를 잡고 나를 아파트로 끌고 갔다. 보신탕 가게에 잡혀가는 개가 된 것 같았다.

독신자 아파트라는 게 있는 줄 그때 처음 알았다. 그제야 경비실에 들렀다 오라던 간호사의 말이 이해되었다. 의지와 상관없이 나는 여성 전용 아파트에 무단 침입한 사람이 되었고, 경비가 간호사를 불러 삼자대면을 하고서야 나는 풀려났다. 마라토너 경비원을 만날 줄은 꿈에도 몰랐다.

다음날 병원에서 만난 간호사는 나를 보자마자 실실 웃음을 흘렸다. 분명 60대 노인에게 붙잡힌 20대 청년을 경멸하는 웃음이었다. 쪽팔려서 아르바이트를 그만둘까도 생각했다. 그녀가 애인도 없이 텔레비전만 대면하기를, 영원히 독신자 아파트를 떠나지 않기를 빌었다.

사투리 때문에

인천에 있는 모 실업계 고등학교에서 교생 실습을 하게 되었다. 인문계 고등학교에 가고 싶었지만, 자리가 없어 그나마 어렵사리 구한 학교였다.

실습을 시작한 지 일주일쯤 지났을까 이상한 시간이 배정되어 있는 것을 보았다. 이 학교에서는 한 달에 한 번 국어 받아쓰기를 한다고 했다. 분명 고등학교인데 말이다. 담당 선생님에게 물어보니 학생들의 학력이 생각하는 것보다 한참 못 미치는 수준이라 했다. 심지어 알파벳을 깨치지 못한 학생도 수두룩하단다. 수업 시간에 진도를 나가는 것이 어렵긴 했지만, 이 정도일 줄은 몰랐다.

어느날 1학년 국어 선생님이 나를 호출했다. 방송실에서 받아쓰기 문항을 낭독하고 채점을 부탁한다고 했다. 차마 거절하기 어려워 문항을 받아 들고 방송실 마이크 앞에 앉았다. 문항은 총 열 개였고, 쉬운 단어들이지만 받침이 틀릴 만한 문항도 더러 있었다. 닭고기, 떡볶이, 설거지 따위의 단어들이었다. 일전에 사투리 때문에 곤란한 일을 겪은 일이 있어 방송 전에 적이 긴장을 했다.

갓 상경했을 때였다. 길을 걷고 있는데 2층 주택 앞에서 대여섯 살쯤 되어 보이는 아이가 과자를 먹고 있었다. 무척 배가 고픈 상태였다. 과자가 너무 먹고 싶어 아이에게 좀 달라고 말했다.

"야, 과자 좀 도!"

"……."

아이는 아무 말 없이 과자를 씹으며 나를 멀뚱멀뚱 바라보기만 했다. 내가 사투리를 쓴다는 것을 미처 인지하

지 못했다. 낯선 이가 말을 거니 경계하는 거라고 생각했다. 친근한 목소리로 다시 말했다.

"과자 조~옴 도~오!"

아이의 표정이 일그러졌다. 그러더니 대문 쪽을 향해 소리쳤다.

"엄마, 어떤 아저씨가 이상한 말 해!"

역시 수도권 사람들은 냉정했다. 나는 과자를 포기하고 도망쳤다.

방송실에 들어선 나는 마이크를 잡고 목을 가다듬었다. 최대한 사투리 억양을 제거하고 1번 문항 '진달래꽃'부터 마지막 문항 '뒤웅박'까지 천천히 읽었다. 스피커를 통해 조금은 떨렸지만 또렷하게 나오는 내 목소리에 스스로 감탄하며 그렇게 읽기를 마쳤다. 잠시 뒤 선생님이 답안지를 걷어왔고 채점을 시작했다.

뒤~우웅~봐악!!
형씨 나 불렀니?
옹박

역시나 만점을 받은 학생은 반에서 한둘에 불과했다. 예상했던 제각각의 오답이 줄줄이 쏟아졌다. 그런데 마지막 문항은 태반이 거의 동일한 오답이었다.

분명 '뒤웅박'이라고 했는데 '듕박'이라니! 채점을 마무리하며 스스로를 위로했다. 이건 내 잘못이 아니야. 나는 아니야! 그때로 돌아간다면 묻고 싶다.

(탕웨이 버전으로) "내 발음이 그렇게 나쁩니까?"

담배 가게 아가씨는 예뻤지만

내 친구 Y가 세 살 아래 OO양을 좋아하는 걸 나는 눈치채고 있었다. OO의 집은 대학교에서 그리 멀지 않은 곳에 있는 담배 가게였다.

담배 가게 아가씨는 예뻐야 한다는 법이라도 있는 걸까, 송창식의 노래 가사처럼 그녀는 상당한 미인이었다. (Y는 예쁘면 무조건 좋아했다). Y는 담배가 떨어지면 꼭 그녀의 집으로 가서 담배를 샀다. 그때마다 굳이 왜 나를 데리고 갔는지는 모르겠다.

나이는 어렸지만 한 학년 위였던 OO는 골초였다. 가게에 갈 때면 그녀가 집 모퉁이에서 담배를 빠는 모습을

종종 목격했다. 그 폼이 제법 어색하지 않은 게 흡연의 역사가 꽤 오래된 것 같았다. 그녀의 부모님은 가게의 최애 고객이 딸이라는 걸 알았을까. 아무튼 너무 예뻐서 그녀가 애연가라는 사실을 Y는 전혀 개의치 않아 했다.

기말고사를 치고 있을 때였다. 시험실에 OO가 보이지 않자 친구 놈이 가게로 가보자고 했다. 역시나 그녀는 손님 없는 가게 앞에서 담배를 피우고 있었다. 왜 학교에 오지 않느냐고 묻자, 그녀가 침을 찍 뱉으며 정치가 어떻고 학내 민주화의 위기가 어떻고 장황하게 설명을 늘어놓았다. 그러면서 이런 시국에 어떻게 편히 시험을 보겠냐며, 자신은 시험을 치지 않는 것으로 민주화 운동에 동참하겠노라 했다. 더 자세한 내용은 기억이 나지 않지만 대충 그런 내용이었고, 나름 꽤 설득력이 있었던 것 같기는 하다.

그녀가 담벼락에 담배를 비벼 끄며 자신의 소리 없는 아우성에 동참하지 않겠냐고 물었다. 그녀를 좋아하는 Y는 망설임 없이 자신도 남은 시험을 치지 않겠다고 했다.(Y는 그녀가 원하면 자퇴도 했을 놈이다). 그런 후 둘의 시선이 내게로 향했다. 얼떨결에 나도 뜻을 같이 하겠노라 비장하게 말했다. 말은 그리 했지만, 막상 다음날이 되면 마음이 약해져 약속을 지키지 못할까 걱정이 되었다. 그래서 Y에게 돈을 뜯어 고속버스를 타고 집으로 내려갔다.

부산에 도착해 집으로 가는 시내버스를 탔는데, 맨 뒷좌석에 몰골이 꾀죄죄한 남매가 앉아 있었다. 머리는 언제 감았는지 부스스했고, 옷과 얼굴은 무척 더러웠다. 열두 살쯤 되어 보이는 누나는 깊이 잠들어 흔들리고 있었고, 일곱 살가량의 남동생은 누나의 손을 꼭 잡고 졸았다 깼다를 반복하고 있었다. 어린 남동생이었지만 누나를 보호하겠다는 강한 의지가 보였다.

순간 부끄러워졌다. 저 거지 같은 아이는 누나를 지키기 위해 잠을 이기고 있는데 OO의 어쭙잖은 논리에 시험을 포기한 나, 내가 지키려는 것은 무엇이었을까. 자문에 대한 답은 없었다.

다행히 시험을 포기한 과목의 F 학점은 면했지만 그렇게 1학기 성적은 바닥을 쳤다. 그리고 Y 이놈이 시험에 다 응시했다는 것은 나중에 알았다. 비겁하다. 나만 삽질을 했다. 그는 미안하다며 비싼 밥을 살 테니 OO에게는 비밀로 해 달라고 했다. 두 번 밥을 얻어먹고 나는 그를 용서했다.

그 후 Y가 아무리 졸라도 나는 담배 가게에 따라가지 않았다. 담배 가게 아가씨는 담배보다 더 해롭다.

가출 고교생에 대한 추억

대학교 2학년을 다닐 때 나는 학교 후문에서 300미터쯤 떨어진 곳에 있던 독서실에 살았다. 새벽에는 우유 배달을 하고 주말에는 노가다를 하며 생활비와 학비를 충당하던 때였다.

어느 날 독서실 책상에 앉아 고픈 배를 달래고 있는데, 방문이 열리며 10대로 보이는 머리통 하나가 들어왔다. 처음 보는 얼굴이었다. 그는 대뜸 내게 같이 어디를 가 줄 수 있겠냐고 했다. 맹랑했다. 그는 고등학교 1학년을 다니다 가출했다며 검정고시로 고등학교 졸업 학력을 따서 일찌감치 대학에 가고 싶다고 했다. 공부도 곧잘

해서 모의고사를 치면 연세대 정도는 갈 성적이 나왔다고 했다. 생활비를 벌려고 근처 주유소에 갔는데, 미성년자는 보호자의 동의가 있어야 한다고 해서, 처음 보는 사이지만 감히 부탁을 한다는 사연이었다. 내가 만만하게 보인 것이 틀림없었다.

부모는 아니었지만 나의 보증으로 주유소에서는 흔쾌히 아르바이트 자리를 허락했다. 오전 일찍부터 일하기로 하고 같이 독서실로 돌아왔다. 그런 부탁을 하려면 먹을 거라도 챙겨주는 게 도리가 아닌가. 괘씸하게 생각하며 다시 방에서 주린 배를 움켜쥐고 괴로워하고 있는데, 녀석이 또 방으로 쑥 들어왔다. 일을 나가려면 아침에 일찍 일어나야 하는데, 알람시계가 필요하다며 사달라고 했다. 돈을 벌어 갚겠다는 말도 없었다. 밥 먹을 돈도 아껴 굶고 있었는데 시계를 사 주려니 돈이 아깝고, 안 사 주려니 냉정한 어른 같아 난감했다. 정말 재수 없는 놈이었다.

국민가게 '다이소'가 없던 시절이었다. 학교 인근에서도 시계를 살 수도 있었지만 비쌌다. 그러다 오래전에 우연히 보았던 할인마트를 떠올렸다. 대략 4~5킬로미터쯤 떨어진 곳에 있었다. 우유 배달 오토바이에 녀석을 태우고 달렸다. 헬멧이 하나뿐이라 녀석에게 씌웠다. 그런데 절반도 채 가지 않아 교통경찰에게 잡히고 말았다. 전라도 사투리가 심한 의무경찰이 헬멧을 쓰지 않아 벌금을 내야 한다며 딱지에 기록을 하려 했다.

볼펜을 꺼내는 그의 손을 잽싸게 잡은 나는 한 번만 봐달라고 통사정을 했다. 전주가 고향인데 타지에서 고학하느라 힘들다고 찐한 부산 사투리로 얘기했다. 그는 고향 사람 만나 반갑다며 이번에는 봐주겠다고 했다. 내가 전라도 사람이라고 믿지는 않았을 것이다. 누추한 행색으로 보아 벌금 내기도 어려운 처지라 동정하지 않았나 싶다.

시계를 사서 돌아오는 길이었다. 2차선으로 달리고 있는데, 3차선을 달리던 봉고가 차선을 바꾸며 들어오다 뒤에서 내 오토바이를 들이받았다. 충격으로 내 몸은 공중으로 떠올랐다. 2~3미터쯤 앞으로 날아가 떨어졌는데, 1초가량 되는 그 짧은 시간에 많은 생각이 떠

올랐다. 영화나 소설에서 보던 것처럼 전 생애가 영화 필름처럼 스쳐 지나가는 일은 없었다. 어느 부위로 떨어져야 하나 그런 생각을 했다. 나는 얼굴이 생명이니 어떻게든 얼굴이 다치는 일은 없어야 한다, 뭐 그런 생각이 머리를 스쳐 갔다.

나는 108배를 하는 불자의 엎드린 자세 그대로 아스팔트 위에 떨어졌다. 손바닥과 팔꿈치와 무릎이 심하게 아팠다. 돌아보니 뒷자리에 있던 녀석은 오토바이와 함께 널브러져 있었다. 봉고차 주인은 자꾸만 같이 병원으로 가자고 했다. 오토바이는 세워 두고 봉고에 타라고 했다. 나는 그럴 수 없다고 했다. 뒤에서 추돌했으니 봉고차의 잘못이 크겠지만 아무 책임도 묻지 않겠다고 버텼다. 하지만 봉고차 주인은 그냥 가게 되면 뺑소니가 될 수 있다며, 병원에 가지 않으려거든 경찰이라도 부르자고 했다.

한동안 실랑이가 벌어졌다. 결국 사고의 책임을 따지지 않겠다는 각서를 써 주고서야 봉고차를 보낼 수 있었다. 온몸이 쑤시고 곳곳에서 피가 배어 나왔다. 봉고차를 타고 가 병원에 드러눕고 싶었지만 내겐 운전면허가 없었다.

오토바이를 타고 독서실로 돌아와 절뚝거리며 우리는 각자의 방으로 들어갔다. 그 후로 나는 그를 만난 적이 없다. 만나기 싫었다. 만나면 또 무슨 부탁을 할까 두려웠다.

한 달쯤 지났을까 어느 날 독서실로 돌아오니 내 책상 위에 녀석에게 사 주었던 알람시계가 놓여 있었다. 메모 한 줄 남기지 않고 그렇게 그는 가 버렸다. 그래서 옛사람들은 '머리 검은 짐승은 거두는 법이 아니다.'라고 했을까. 그 후 나도 살면서 참으로 많은 사람에게 머리 검은 짐승이었다.

곰을 만났다

대학교 2학년 때 거주하던 독서실에 곰이 들어왔다. 컴퍼스로 그린 듯 반듯한 원형의 머리통부터 호스를 꽂으면 쓸개즙이 콸콸 쏟아질 것 같은 부푼 배까지, 영락없이 사람의 형상을 한 곰이었다.

100킬로그램은 족히 될 듯한 덩치에 독서실 책상조차 작아 보였다. 빈방도 많은데 굳이 내가 혼자 쓰던 방으로 들어온 불청객이 나는 심히 마뜩잖았다. 아무튼 그렇게 곰과의 동거가 시작되었다. 그는 외모만 곰이 아니었다. 한번 자리에 앉으면 좀체 일어나지 않았다. 그렇다고 엎드려 자는 것도 아니고 오직 전공서만 읽었다. 화장실도 거의 가지 않는 것이 덩치만큼이나 방광도 큰 모양이었다. 그러다가 새벽 한 시가 되면 그는 어김없이 잠을 잤다. 좁은 방을 차지하고 드러누우니 남는 공간이 없었다. 코도 더럽게 많이 골았다. 졸지에 나는 책상에 엎드려 쪽잠을 자야 했다. 이래서 곰은 사냥해야 한다.

며칠간 무언의 신경전을 끝내고 통성명을 했다. 사회학을 전공하는 그는 석사학위 논문을 거의 마무리하는 단계였다. 내가 영어교육학을 전공하고 있다고 하자 대뜸 영문 초록을 써 달라고 했다. UN 사무총장의 역할에 관한 논문이라며, 갈겨쓴 한글 초록을 내게 건넸다. 나는 통성명한 걸 후회했다.

내가 마지못해 수락하자 그는 영문 초록이 완성되면 삼겹살을 사 주겠노라 했다. 그리고 지금은 착수금 조로 순대를 먹으러 가자고 했다. 처음으로 곰이 좋아진 순간이었다. 순대 가게에서 그는 순대 2인분을 시켰다. 곰 혼자서도 10인분은 너끈히 먹을 것 같은 데 2인분이라니 난 손가락이나 빨고 있으라는 건가. 그는 순대를 썰고 있는 주인에게 마늘이 있는지 물었다.

'먹고 사람이 되려는 건가?'

맘씨 좋게 생긴 주인이 순대와 간을 적절하게 배합하여 마늘 한 움큼과 함께 들고 왔다. 그는 순식간에 순대와 마늘을 입에 쓸어 담았고, 나는 퍽퍽한 간 조각만 씹어야 했다.(이놈은 내가 간 좋아하는 구미호인 줄 알았을까?)

며칠을 고심하여 나는 곰의 논문에 들어갈 영문 초록을 완성했다. 그도 꽤 흡족했던지 약속대로 삼겹살을 먹으러 가자고 했다. 기분이 좋아져 순대 사건은 용서하기로 했다. 삼겹살은 4인분으로 시작했다. 고기가 익자마자 그는 상추에 고기와 마늘을 잔뜩 올려 우걱우걱 씹었다. 나는 몇 점 먹지도 못했는데 불판이 비어버렸다. 근데 그가 고기는 안 시키고 마늘 한 접시를 더 추가했다. 그는 대접해야 할 사람을 단순 동석자로 만들어버리는 재주가 있었다.

그는 석사학위를 받고 독서실을 떠났다. 곰을 겪은 후로 나는 덩치 큰 사람이 뭘 사 준다는 말을 믿지 않게 되었다. 그는 박사학위까지 받아서 교수가 되었을까. 아니, 마늘을 그렇게 많이 먹었으니 지금쯤 사람이 되지는 않았을까. 자못 궁금하다.

귀신보다 무서운 건

오토바이 사고 이후 턱에 열 바늘을 꿰매고 근 한 달이 지나도록 나는 실밥을 뽑지 못했다. 턱에는 여전히 반창고가 덕지덕지 붙어 있었다. 병원에 갈 돈이 없었다. 밥을 먹은 지가 언제인지 창자조차도 연동운동을 잊었다.

살길을 찾아야 했다. 대학 구내 취업지원과를 찾아가 아르바이트 신청서를 제출했다. 담당자는 높게 쌓여 있는 신청서를 가리키며 너무 큰 기대를 하지 말라고 했다. 좋은 자리 있으면 먼저 알선해 달라고 졸랐다. 한참을 티격태격하다 담당자가 내 신청서를 제일 앞에 넣어

주었다. 지방에서 온 티가 팍팍 나는 사투리에, 턱에는 반창고, 더럽고 해진 군복 바지를 입은 모습이 그의 동정심을 자극했음에 틀림없다.

며칠 뒤 취업지원과에서 조교를 통해 연락이 왔다. 학교에서 대략 6킬로미터쯤 떨어진 곳에 있는 개인병원 야간 경비 자리가 있다고 했다. 3층 규모의 정형외과였다. 원무과장과의 면접은 형식적으로 끝났고 취업이 확정되었다. 연중 휴일 없이 저녁 일곱 시부터 아침 여덟 시까지 일하고 월 49만 원을 받기로 했다. 게다가 원무과장이 직접 실밥을 뽑아 주었다. 근무는 다음날 저녁부터 하기로 하고 속으로 쾌재를 부르며 돌아왔다. 굶주림의 끝이 보였다.

병원에서의 일은 재미있었다. 진료가 끝나면 문을 잠그고 당직 간호사의 일을 도왔다. 야간에 입원 환자의 호출을 받으면 당직 간호사를 부르는 일, 응급환자가 오면 의사를 호출하는 일, 커피 자판기를 청소하고 동전을 채워 넣는 일, 아침에는 청소를 하는 일 등 크게 어려운 일은 없었다.

당시 <이야기 속으로>라는 프로가 있었는데, 주로 귀

신이 나오는 이야기가 실감 나게 묘사되었다. 그 프로를 보고 나면 기분 나쁘고 공포의 여운이 꽤 오래갔다. 그날 나는 그 프로를 보지 말았어야 했다. 하필 병원을 배경으로 이야기가 전개되었다.

시청을 마치고 나니 문득 두려워졌다. 거울을 보면 내 뒤로 귀신이 보일 것만 같았다. 평소에 나는 좁은 주사실에서 잠을 잤다. 하지만 그날은 주사실에서 잠을 잘 수가 없었다. 당장이라도 귀신이 커튼을 제치고 들어올 것만 같았다. 그래서 원장실로 갔다. 원장실은 넓었고 진료용 간이침대가 있었다. 창문 너머로는 이웃한 약국과의 사이에 나무가 무성한 화단이 있었다.

부스럭거리는 소리에 잠을 깬 것은 새벽 두 시경이었다. 어두운 창문 밖으로 스쳐가는 그림자가 보였는데 순간 진짜 귀신인 줄 알았다. 계속 두려움에 떨며 창문 밖을 주시하는데, 그것은 분명 사람의 그림자였다. 손전등을 들고 밖으로 나갔더니 나무 사이 어둠 속에 누군가가 있었다. 손전등을 비추자 족히 100킬로그램은 넘어보이는 거구의 사내가 무언가 가득 들어있는 큰 비닐 봉지를 양손에 들고 있었다. 내가 누구냐고 묻자 그는 대답없이 비닐 봉지를 내려놓았다. 그런데 그 순간 그가 덤

벼들어 나를 한방에 짓이기고, 타박상과 골절상을 입어 길에 널브러질 내 모습이 재빠르게 그려졌다.

나는 뒤로 물러나며 그와의 거리를 두었다. 나에게서 전투 의사가 없음을 읽었는지 그는 다시 비닐을 집어 들고 갓길에 주차해 둔 차를 타고 사라졌다. 혹시 몰라 차 번호를 외워두었다.

아침에 학교에 가려고 병원을 나서는데, 약국 앞에 순찰차가 있었다. 새로 입고된 약품 중 상당수가 사라졌다고 했다. 그렇다면 간밤의 그 사내는 약품이 들어온다는 사실을 알고 약국을 털러 온 도둑임에 틀림없었다. 나는 경찰에게 목격담을 말하고 차 번호를 알려주었다.

그날 저녁 출근길에 약국에 들렀다. 주인이 신고해 주어서 고맙다며 박카스 한 병을 내밀었다. 조회된 차량은 대포차라 했다. 하지만 덕분에 절반가량의 약품을 보전할 수 있었다고 했다. 정말 고마웠다면 그는 박카스 한 병이 아니라 한 박스라도 주었어야 했다.

아무튼 그날 이후 더 이상 귀신은 두려워하지 않기로 했다. 정말 무서운 건 사람이다.

어머, 이건 사야 해!

대학 4학년이던 무렵이다. 노량진 모 고시학원에서 일요일마다 교육학 문제 풀이 무료 강의를 들을 기회가 있었다. 5월 어느 일요일 오후, 학원을 나오는데 날씨가 너무 좋았다. 멀리 63빌딩을 배경으로 고시학원이 즐비한 노량진은 수험생인 내게 낭만과 망연한 희망을 샘솟게 하는 이국의 땅과도 같았다. 슬리퍼와 체육복 차림으로 딱 봐도 공시생티가 나는 사람들의 움츠린 어깨와 노량진 수산시장에서 퍼덕이는 활어의 모습은 무척 대조적이었다.

노량진 지하철역 부근에 늘어선 노점상의 숱한 음식들

을 지나치는 것은 일주일 전쯤 마지막 식사를 한 나에게 무척 고역이었다. 미라의 부활처럼 오래 잊고 있었던 허기가 깨어났다. 나는 결국 마을버스비 500원을 쓰기로 마음먹었다. 지하철은 타야만 했지만, 6킬로미터 정도만 걸어가면 마을버스비를 아낄 수 있을 터였다.

500원으로 최대한 배를 불릴 수 있는 아이템을 골라야 했다. 단것을 먹으면 배가 부르다는 말이 있다. 그래서 초콜릿을 사 먹을까도 생각했고, 라면을 사서 물과 함께 먹으면 뱃속에서 잔뜩 불어 포만감을 주지는 않을까, 갖가지 생각들이 교차했다. 그러던 중 그것을 발견한 것은 우연이 아니라 필연은 아니었을까.

노릇노릇 잘 구워진 빵. 냄새도 매혹적이었지만 그보다 나의 시선을 잡아끈 것은 그것의 크기였다. 과장 없이 내 얼굴 크기와 흡사했다. 게다가 하나에 500원이라는 가격도 무척 파격적이었다. 쇼핑하는 사람들에게 회자되는 말을 처음으로 실감하는 순간이었다.

"어머, 이건 사야 해!"

값을 치르고 빵을 받아 들기 직전 내 기쁨은 최고조에 달했다. 그런데 빵을 잡는 순간 뭔가 불길한 느낌이 들었다. 크기에 비해 너무 가벼웠다. 설마 하며 빵을 한입 베어 무는데, 그 불길함은 현실이 되어 쓰나미처럼 나를 덮쳐 왔다.

부드럽고 얇은 빵 껍질을 뚫고 윗니와 아랫니가 고스란히 허공을 씹으며 만났다. 아무것도 없었다. 얇은 막 안에 꿀 같은 것이 발려 있을 뿐, 공기만이 그 큰 빵을 가득 채우고 있었다.

그제야 노점상 수레 앞에 붙어 있는 글귀가 눈에 들어왔다. '공갈빵'이라 작은 글씨로 적혀 있었다. 난생처음 허무가 무엇인지 체감했다. 나도 모르게 눈물이 났다. 울면서, 뭉치면 한 줌도 채 되지 않을 그 빵을 오래도록 씹고 또 씹었다.

선배의 여자와 임용시험

선배 C를 다시 만난 건 내가 한창 임용고사를 준비하느라 바빴던 4학년 2학기 가을 무렵이었다. 두 학기를 쉬고 복학한 C는 여전히 학과 공부에는 관심이 없었다. 들리는 소문에 의하면 강남 부잣집 아들이라고 했다. 흰색의 멋진 차를 타고 다니는 것으로 보아 뜬소문은 아닌 듯했다. 그래서 나는 그와 더 친해지기로 결심했다.

한날은 그가 여자를 소개해 주면 밥을 사주겠다고 했다. 그는 잘생기고 키도 훤칠한 것이, 겉으로만 보면 바람둥이처럼 보였지만 사실 별로 숫기가 없었다. 모처럼 배불리 먹을 수 있는 기회를 놓칠 순 없었던 나는 열심히 여자를 물색하다 같은 수업을 듣는 타과의 여학생을 물망에 올렸다. 대충 예쁜 축에 속하고 여위다 싶을 정도로 날씬하며, 학교 근처에서 자취를 한다는 정보를 C에게 제공했다.

C는 꽤 흡족해하며 당장 그녀를 만나게 해 달라고 졸랐다. 나는 일단 착수금으로 밥을 사면 그녀의 시선을 끌 수 있는 방법을 알려주겠다고 했다. 식당에 들어가 주문을 하자마자 그는 방법을 말해달라고 재촉했다. 사실 미팅도 연애도 한번 안 해본 내가 그 방법을 알 리 없었다. 어쨌든 밥값은 해야 했기때문에 대충 생각나는 대로 말했다.

그 방법은 이랬다. 보통의 여자는 누군가의 소개로 남자를 만나는 것을 썩 내켜 하지 않는다. 여자들은 우연한 만남을 좋아한다.(물론 순전히 내 생각이다). 그러니 그녀와 우연히 만나 대화할 기회를 만들라는 것. 이것이 나의 조언이었다. 그러자 그는 우연한 만남을 어떻게 만들 수 있느냐고 재차 물었고, 나는 밥 한 그릇을 더 주문했다.

바둑판과 바둑알을 들고 그녀의 자취방 근처 길목에 매복하라. 그녀가 나타나면 길을 비켜 가는 척하다 몸을 부딪치며 바둑알을 떨어뜨려라. 그러면 그녀는 미안해 하며 바둑알을 같이 주워줄 것이고, 수백 개의 바둑알을 줍는 동안 이런저런 대화를 시도하여 그녀에게 호감을 주어라. 그러면 그녀와 자연스럽게 가까워질 수 있을 것이다.

내가 일러준 방법에 그는 꽤 흡족해했다. 젠장, 더 비싼 식당에 갔어야 했다.

몇 달이 지나 12월의 어느 날, 나는 그를 다시 만났다. 바둑알을 들고 기다렸지만, 막상 그녀가 나타나니 감히 부딪힐 엄두가 나지 않았다고 했다. 하지만 외모는 무척 마음에 들었고, 이상형에 가깝다고 했다. 그러면서 그녀에 대해 좀 더 자세히 알고 싶다며 같이 그녀를 미행하자고 했다. 중등교원 임용시험을 10일쯤 앞둔 날이었다. 나에게는 그럴 만한 시간적 여유가 없었다. 하지만 또 밥을 사 주겠다고 해서 거절할 수가 없었다.

우리는 도서관을 나서는 그녀를 뒤쫓기 시작했다. 그런데 미행은 생각보다 힘들었다. 그녀는 참으로 많은 곳을 쏘다녔고, 우리는 일찌감치 지쳐버렸다. 그러다가 늦은 오후 어둠이 깔릴 즈음 그녀는 버스에서 내려 어느 병원으로 들어갔다. 우리는 밖에서 한 시간 넘게 기다렸지만 그녀는 나오지 않았다. 겨울바람은 매서웠고, 나는 재킷도 없이 셔츠 바람으로 떨었다. 기다리다 못해 우리는 병원에 들어가 보기로 했다. 그런데 병원문을 열고 들어서는그때 하필 막 진료를 마치고 나오는 그녀와 얼굴이 마주쳤다. 깜짝 놀라는 그녀를 뒤로하고 우리는 도망치듯 병원을 뛰쳐나왔다. 쪽팔린다며 그녀를 포기해야 할 것 같다고 C가 말했다. 그러고는 버스를 타고 사라져 버렸다. 밥은 사 주지 않았다.

종일 추위에 떨었던 것이 화근이었다. 나는 감기에 걸려버렸고, 근 일주일을 앓았다. 당연히 임용고사는 말아먹었다. 선배 때문에 암담했던 내 미래는 더 어두워졌다.

앞으로 그를 다시 볼 일은 없겠지만, 혹여라도 만나게 된다면 CF의 정우성 버전으로 이렇게 외치고 싶다.

"가! 가란 말이야! 너를 만나고 되는 일이 하나도 없어!"

운수 좋은 해年 2

1999년 2월, 대학을 졸업하고 나는 낙향했다. IMF의 여파로 사회적 경기가 아주 어려운 시절이었다. 대학 졸업자는 곧 백수로 전락했고, 취업의 기회는 요원했다. 졸업식은 장례식마냥 침울했다. 우리는 학사모를 하늘로 던져 올리지 못하고 소리 죽여 울었다. 사범대 졸업자인 나에게는 그나마 임용시험의 기회라도 있었지만, 합격의 영예는 누리지 못한 상황이었다.

부산으로 돌아오는 버스에서 나는 쉬 잠들지 못했다. 이대로 영원히 달리고 싶었다. 키아누 리브스가 주연한 영화 <스피드>의 멈추지 못하는 버스처럼. 스물여덟의

청춘은 막막했다. 세상 사람들의 3분의 2는 실업자였고, 그 속에 내가 있었다. 가세는 기울 대로 기울어 회생의 기미가 보이지 않았다. 막노동을 하시던 아버지는 일거리를 잃었고, 파출부를 하시던 어머니는 쫓겨나다시피 일을 그만두어야 했다.

내게는 선택지가 별로 없었다. 생업의 전선으로 뛰어드는 것, 다음 임용시험을 위해 1년간 재수하는 것, 그리고 사립학교의 교사 자리를 알아보는 것, 그것이 내 앞에 놓인 삼지 선다형 문항이었다. 일을 하는 것은 당장의 궁핍함은 해결할 수 있겠지만 교직의 꿈을 미루는 것이라 쉬 마음이 동하지 않았다. 게다가 아르바이트 자리조차 구하기 힘들 만큼 국가 경제는 동력을 회복하지 못하고 있었다. 재수를 하는 것도 마찬가지로 사정이 여의치 않았다.

부모님의 고생을 외면하고 마냥 공부만 하기엔 1년은 너무 길었다. 별수 없이 사립학교 구인 광고를 훑기 시작했다. 몇 군데 지원서를 넣어봤지만, 소식이 없었다. 내정자가 있고 구인 광고는 요식행위일 거라는 말이 있었다. 어느 학교로부터는 공개수업과 면접의 기회를 얻을 수가 있었지만 학교가 요구하는 상당액을 충당할 길이 없어 포기하고 말았다.

그러던 와중에 희소식이 들려왔다. 5월에 교원임용시험을 추가로 실시한다는 것이었다. 단군 이래 처음 있는 일이었다. 그해 초, 국회에서는 교원의 정년 단축을 가결했다. 젊고 활기찬 교육 분위기를 조성하고, 인건비 절감을 통해 교육환경 개선에 필요한 투자재원을 마련한다는 취지였다.

이로 인해 수많은 교사들이 명예퇴직을 신청했고, 부족해진 교사 수를 채우기 위해 이례적으로 추가시험을 실시한다는 거였다. 1년의 재수 생활이 3개월로 줄어들 수 있는 절호의 기회였다. 부모님께 양해를 구하고 다시 공부를 시작했다. 가녀린 희망은 생겼지만, 그때부터 백지 답안을 내는 악몽을 꾸기 시작했다.

도시락을 어디에서 먹을 것인가

졸업하는 해에 임용고사 추가시험을 실시하게 된 건 정말 운이 좋았다. 그때가 처음이었고 지금까지도 그런 예가 없기 때문이다. 만 65세에서 만 62세로 정년이 단축되면서 명예퇴직 교사가 늘었고, 그 빈자리를 채우기 위해 갑작스럽게 결정된 추가시험이었다. 교단에 활기를 불어넣기 위함이라고 했지만, 실상은 달랐다. 고경력 교사 1명에게 주는 재원으로 대략 2~3명 정도의 신규교사를 가용할 수 있다는 정부의 순전한 경제 논리 때문이었다.

졸업 직후 진로에 대한 깊은 고민이 있었지만, 지금은

그 모두를 내려놓고 당장의 시험에 올인하기로 했다. 재수의 길은 암담하기 마련이지만 12월이 아니라 5월까지의 단거리 시합이라 심리적 부담은 덜했다.

집에서 그리 멀지 않은 모 국립대학교 도서관에서 공부를 시작했다. 어머니는 나의 고등학교 졸업 이후 손 놓았던 도시락을 다시 싸기 시작했다. 점심은 도시락을 먹고, 저녁은 사 먹으라며 매일 천 원을 쥐여주셨다. 없는 살림인 줄 알기에 식비를 지출할 순 없었다. 점심때 도시락 반을 먹고 저녁에 나머지를 먹었다. 근데 그게 문제의 시발이었다.

점심시간이면 늘 구내식당은 붐볐다. 처음 며칠간은 식당에서 밥을 먹었지만, 혼자 4인 자리를 차지하고 있자니 눈치가 보였다. 그래서 운동장 옆 계단에 앉아 후딱 먹어 치웠다. 하지만 3월이라 여전히 기온이 낮았고, 모래바람이 불어 식사를 하기가 곤란했다.

건물 옥상에는 사람이 없을 줄 알았다. 옥상 구석에서 밥을 먹으려는데 웬걸 사람이 많았다. 담배를 피우거나 모형 비행기를 날리는 사람 등으로 오히려 북적였다. 그

이상한거 먹지말고
쥐 같은거 먹어

러다 우연히 최적의 장소를 찾았다. 우연히 도서관 옆 5층짜리 건물에 들어갔다. 버려진 책걸상과 온갖 비품들이 5층 계단 위부터 옥상 입구까지 잔뜩 쌓여 있었다. 조명도 없었고 햇빛도 잘 들어오지 않아 어두컴컴했다. 얼마나 오래 방치되었는지 먼지가 자욱했다. 누가 죽어도 모를 법한 장소였다.

그날부터 나는 거기서 밥을 먹었다. 사나흘쯤 되었을까 밥을 먹고 있는데 뭔가 싸한 느낌이 들었다. 누군가가 나를 노려보는 듯한 느낌이 들었다. 천천히 뒤를 돌아보았다. 어지럽게 쌓인 책걸상 사이 어둠 속에 번뜩이는 두 눈이 있었다. 등골이 오싹해졌다. 갑자기 그 눈이 나를 향해 다가왔다. 나는 본능적으로 뒤로 물러났고, 도시락은 엎어졌다.

부엉이였다. 날개를 펴자 그 크기가 상당히 위압적이었다. 벽과 바닥과 천장에 부딪히며 퍼득거렸다. 부엉이의 영역을 내가 침범했던 것이다. 나는 혼비백산하여 반찬통도 채 챙기지 못하고 도망쳤다.

운수 좋은 해年 3

배우 윤여정은 제93회 미국 아카데미 영화제에서 여우 조연상을 수상하여 102년 한국 영화의 역사를 새로 썼다. 수상 소감에서 그녀는 다른 배우들보다 조금 더 운이 좋았을 뿐이라고 했다. 그녀의 50년 연기 경력을 봐온 우리로서는 그것이 겸양의 표현임을 잘 안다. 반면에 그해에 나의 운수가 좋았던 건 정말 운이었다. 내가 한 거라곤 전화 한 통 건 것밖에 없었으니까.

막상 공부는 시작했지만, 임용시험 재수의 길은 막막했다. 5월 추가시험이라는 전대미문의 기회를

맞아 이번에 떨어지면 12월까지 기다려야 한다는 심리적 압박이 심했다. 무엇보다 시험은 갈수록 어려워지고, 재수, 삼수를 한들 과연 합격이나 할 수 있을까 하는 불안감이 컸다. 채 석 달이 되지 않는 기간에 비해 부족한 과목이 너무 많았다. 같이 공부할 사람도, 머리를 맞대고 공부 방향을 논의할 사람도 없던 그때, 무던히도 외로웠다.

이른 더위와 함께 5월이 지나고 있었다. 시험을 10일여 남겨둔 그 날은 스승의 날이었다. 변함없이 도서관에서 공부를 하고 있는데, 불현듯 지도교수님 생각이 났다. 임용시험에 떨어지고 낙향하는 나를 진심으로 안타까워해 주셨던 분이었다. 여태 단 한 번도 선생님께 전화를 해본 적이 없었는데, 아마도 다가오는 시험의 부담감으로 누군가에게 위로받고 싶은 마음이지 않았을까. 지도교수님 사무실로 전화를 걸었다. 응답이 없어 두어 시간 후에 다시 걸었지만 역시 받지 않았다. 과사무실 조교에게 전화를 걸었더니 교수님은 장기출장 중이라고 했다. 도서관으로 돌아와 곰곰이 생각했다. 하루 이틀도 아니고 장기출장을 간다면 그건 시험문제 같은 걸 출제하기 위한 건 아닐까. 그렇다면 교수님이 이번 임용시험 출제위원인 걸까. 혼자 그런 추측을 해보다 추측은 확신이 되었다. 어차피 시험은 목전이었고, 내겐 달리 선택의 여지가 없었다. 남은 기간 동안 지도교수님께 배웠던 영어학 원서만을 공부하기로 했다. 될 대로 되라는 심정으로 480쪽 분량의 두툼한 전공 서적 한 권에 운명을 걸었다.

드디어 임용시험일, 문제를 받아 들고 적잖이 당황했다. 1번부터 좀체 답을 찾기가 어려웠다. 1번이 그나마 제일 쉬운 문항일 텐데 이번 시험도 역시 안 되는가 보다 하는 절망감이 일었다. 포기하고 다음 문항으로 넘어갔다. 2번부터는 눈에 익은 문제가 많았다. 좋아서 웃다가 시험을 망칠 뻔했다. 어쩌면 잘 칠 수도 있겠다는 희망이 절망을 밀어냈다.

합격 소식은 그렇게 우연처럼 다가왔다. 전역 후 영어 공부를 다시 시작한 지 만 4년 만에 내 운명은 영어 바보에서 영어 교사로 바뀌었다. 내 억지 추측은 맞았다. 역시나 교수님이 그 시험의 출제위원이었음을 훗날 전해 들었다. 그날 전화를 걸지 않았다면 난 오래도록 미로 같은 삶을 살지 않았을까. 역시 스승의 은혜는 하늘과 같다.

1980S
1990S
우천시
톰과 제리
조교

2000S 2010S

3부
살다 보니 웃픈 일 많더라

가장 깨끗한 연수생

몇 달 전 UFC 페더급 선수 정찬성이 계체를 통과했다는 기사를 읽었다. 한계 체중인 66.22킬로그램을 찍었는데, 그의 모습은 별명 그대로 '좀비'와 같았다. 열두 시간 후 정찬성은 자신의 인스타그램에 몸무게를 회복한 인증샷을 올렸다. 77킬로그램이었다. 얼마나 혹독한 감량을 했는지 상상이 가지 않는다. 시합의 결과와 상관없이 훌륭한 모습에 박수를 보내고 싶다. 계체 커트라인을 통과하는 것만큼 어려운 일이 또 있을까.

1999년 5월, 추가로 실시한 경상남도교육청 영

어과 임용시험에는 34명 모집에 20명만이 커트라인을 넘어 합격했다. 시험이 어려웠던 만큼 합격의 기쁨은 컸다.

신규교사를 선발하고 나면 발령 전에 10일간의 연수를 실시하는데, 워낙 뽑힌 인원이 적어 우리는 인접한 울산광역시교육청 연수원에서 울산의 신규교사와 함께 연수를 받게 되었다. 부산에서 울산의 방어진까지 버스를 타고 다니는 것은 물리적으로 불가능했다. 연수원 근처에 방을 잡아야 했다. 대학 동문이 있는 사람들은 삼삼오오 모여 같이 방을 잡았지만 나는 아는 사람이 없었다. 있다 하더라도 n분의 1로 나눈 방값조차 낼 돈이 없었다.

첫날 연수를 마치고 울산 거리를 돌아다녔다. 그래도 단돈 29만 원을 들고 대학을 졸업하고 오겠노라 상경하던 그때보다는 그리 절망적이지 않았다.

한참을 걷다가 허름한 공중목욕탕이 눈에 들어왔다. 들어갔더니 중년의 여자가 카운트를 지키고 있었다. 나는 여자에게 욕실 청소를 하는 조건으로 재워달라고 했다. 미친놈 보듯 게슴츠레 올려다보는 주인에게 신

규교사 연수자료집을 들이밀었다. 신원을 확인한 주인은 의심의 눈초리를 거두고 흔쾌히 2주 간의 상주를 허락했다.

남탕에는 남자 목욕관리사가 있었는데 여자의 남편이라고 했다. 그에게서 욕실을 청소하는 방법을 배웠다. 덕분에 며칠 편해지겠다며 외려 좋아했다. 욕실 청소는 꼬박 두 시간이 걸렸다. 힘들기는 했지만, 잠자리가 생긴 데다 공짜 목욕까지 할 수 있으니 더할 나위 없이 좋았다. 밤 아홉 시가 넘어 목욕관리사가 작은 상을 차려 들고 왔다. 갓 구운 삼겹살과 김치, 소주 두 병이 올려져 있었다.

탈의실 바닥에 앉아 그와 소주잔을 기울였다. 묻지도 않았는데 그는 자신이 살인 전과자였다고 말했다. 순간 오싹한 느낌이 스쳐 갔다. 한동안 자신이 살아온 이야기를 했고, 교사로 사회생활을 시작하는 내게 진심 어린 조언을 덧붙였던 것 같기도 하다. 잘 기억은 나지 않는다.

목욕탕은 덥고 퀴퀴한 냄새가 났다. 무엇보다 모기와 바퀴벌레가 많아 잠을 설쳤다. 하지만 그 어느 때보다 가슴 벅찬 날들이었고, 연수생 중에 내가 제일 깨끗했다.

다마스를 타는 교사

2018년 7월, 러시아 출신 모델 나타샤 폴리가 전용기에서 내리다 트랩에서 넘어진 듯한 사진을 올리면서 시작된 '폴링스타 챌린지'가 중국에 상륙했다. 자신의 직업이나 부를 상징하는 고가품들을 바닥에 늘어놓고, 부주의하게 넘어져 소지품이 쏟아진 듯한 상황을 연출하는 사진을 사회관계망 서비스SNS에 게시하는 것이다. 한마디로 '돈 자랑 인증샷'이다.

근데 정작 이상한 것은 사람들의 반응이다. 돈 자랑을 혐오하면서도 지극히 서민적인 삶의 방식에 대

해서는 거의 본능적으로 부정적 인식을 갖고 있으니 말이다. 내 차의 경우가 그렇다. 갓 결혼을 했을 때 장인어른이 당신의 차를 내게 주셨다. 장장 12년 동안 24만 킬로를 탄 '다마스'였으니, 사실 주었다기보다 나에게 버렸다고 하는 게 더 맞겠다.

내 차를 본 사람들은 한결같이 묻는다. 투잡을 하느냐, 서민 코스프레를 하는 것이냐 등등. 억울하다. 다마스도 엄연히 차인데 말이다. 물론 불편한 점도 있다. 우선 기본적인 안전장치인 에어백이 없다. 그래서 사고가 나도 다치지 않는다는 말이 있다. 바로 사망이다. 또 충격흡수장치가 없다. 작은 충격도 온몸으로 전해 온다. 과속방지턱을 넘을 때면 온갖 물건들이 쏟아진다. 그야말로 지구를 느끼며 달린다.

간혹 시험 기간에 일찍 퇴근을 할라치면 이웃사람이 묻곤 한다.

"오늘 장사가 잘 안됐나 보네요."

그러면 나는 애써 부정하지 않고 그저 경기가 안 좋아서 그렇다고, 경제를 못 살리는 대통령 탓을 한다. 3월에 학

~ 부드러운 코너링

교를 옮기면 왕왕 행정실에서 걸려 온 전화를 받는다. 학교 일과시간에 외부 차량은 주차금지니 차를 빼 달라는 내용이다. 차를 띄엄띄엄 보는 것이 분명하다. 억울하다.

어떤 학생들은 있지도 않은 소문을 내곤 했다. 모퉁이를 돌아오다 쓰러진 내 차를 일으켜 세웠다는 당최 말도 안 되는 무용담이다. 아무리 경차라도 공차 중량이 900킬로그램이 넘는다. 그런데 그 헛소문은 학년을 거쳐 전해지며 사실로 굳어지곤 했다. 선배에게 들었다며 그게 사실이냐고 묻는 학생들이 있다. 수행평가 점수를 깎을까 심각하게 고민했다.

딱 한 번 대리운전을 부른 적이 있었다. 멀리서도 알아볼 수 있게 비상등을 켜 두고 차 옆에 서 있었는데도 헐레벌떡 달려온 대리기사는 차가 어디 있느냐고 물었다. 내 다마스에 탄 대리기사는 살기가 빡빡하여 술을 마셨느냐는 다소 위로성의 말을 건넸다. 다시는 대리운전을 하지 않으리라 결심했다.

해운대에 있는 고급 백화점을 갔을 때도 그랬다. 지하주차장으로 내려가는 길 곳곳에 주차 안내 요원들이 서 있었다. 분명 앞차는 더 아래층으로 내려가라고 하면서 나는 반대 방향으로 가라고 손짓을 했다. 막상 가 보니 주차 공간이 아니라 물건을 검수하거나 하역하는 검품장이었다. 오르막에서는 아무리 액셀을 밟아도 시속 60킬로 이하로 떨어지곤 한다. 아우디나 BMW 같은 질주 본능의 차가 바로 뒤에 달라붙으면 상당히 곤혹스럽다. 빵빵거리거나 상향등을 번쩍이는 차들도 있고, 굳이 창문을 내리는 수고를 마다하지 않고 한 마디 날리고 가는 차들도 있다. 그중 유난히 기억에 남는 욕이 있다. 벤츠를 몰던 중년의 여성 운전자였다.

"차하고 운전자하고 똑같네!"

그러고 보면 우리나라 사람들이 하는 욕은 묘한 특징이 있다. 그딴 짓을 어디서 배웠느냐?(사교육의 출처를 묻는다). 네 부모가 그렇게 가르쳤냐?(가정교육의 수준을 묻는다). 너 지금 뭐라고 했어?(단박에 말귀를 알아듣지 못한다). 야 이 양반아!(상대의 신분을 높여 준다). 개 같은 놈!(비유법을 즐겨 사용한다). 아무튼 차는 그 사람이 아니다. 차는 그냥 차다. 그리고 이건 상식이다.

담임의 마지막 선물

전날의 과도한 음주로 아침부터 속이 좋지 않았다. 덩달아 기분도 다운되었다. 아침에 먹은 것을 게워내고도 영 속이 시원치 않았다. 신물이 올라와 계속 침만 뱉어내고 있었다. 겨우 수업을 하고 휴게실에 누워 있는데 전화벨이 울렸다. 우리 반 A 군의 어머니가 교무실에 오셨다는 전갈이었다.

A는 학기 초부터 말썽이었다. 수업을 방해하는 것은 기본이고 걸핏하면 선생님에게 대들어 교실보다 인성부실에 있는 시간이 많았다. 점심시간에는 무단으로 외출해 흡연을 했고, 크고 작은 학교폭력도 잦았다. A 때문

에 학급 관리를 제대로 못 한다고 교감 선생님에게 여러 차례 싫은 소리도 들었다.

처음 만난 A의 어머니는 담임을 보고도 인사 한 마디 없었다. 전학 절차를 밟으러 왔노라 사무적으로 말했다. 얼마 전 A는 동급생의 눈을 때려 안와골절을 만들었다. 징계를 받는 대신 전학을 가기로 인성부장 선생님과 사전에 얘기가 된 터였다. 차일피일 미루다 오늘에서야 학교로 찾아온 것이었다. 기분이 좋아졌다.

서류 작업을 마무리하고 교무실 앞에서 녀석과 어머니를 배웅했다. 나는 잘 가라고 영혼 없는 인사를 했고, 두 사람은 아무 대꾸도 없이 계단을 내려갔다. 미운 제자였지만 그래도 막상 떠나보내려니 가슴 한편이 살짝 저렸다.(거짓말이다). 얼른 이 기쁜 소식을 반 아이들에게 전해야 했다.

교실로 가는 3층 복도를 지나가는데 창밖으로 뻗어 있는 소나무 위에 까마귀 한 마리가 보였다. 창을 열고 까마귀를 향해 알코올 섞인 가래침을 뱉었다. 그때 아래쪽에서 외마디 비명소리가 들렸다. 하필 A의 머리 위에 침이 떨어진 것이었다. 나는 우사인 볼트보다도 잽싸게 숨었다. A와 그의 어머니가 하는 말이 크게 들렸다.

"엄마, 까마귀가 내 머리에 똥 쌌어!"

"이 학교 정말 재수 없다. 가자!"

스파이가 필요해

어느 중학교로 옮기자마자 인성부장이 되었다. 나름 곱상한 외모인데 철퇴를 휘두르는 인성부장이 될 줄은 몰랐다. 아무도 인성부장을 맡지 않으려 해서 전입자에게 순번이 돌아왔다는 전언을 들었다. 교감 선생님에게 찾아가 하소연을 했다. 내 얼굴을 보라고, 이 얼굴로는 학생들을 강하게 지도하기 힘들다고 재고해 달라고 요구했다. 부드러움이 강함을 이긴다며 교감 선생님은 편견을 버리라는 말로 나를 궁지로 몰았다. 현실을 받아들여야 했다.

학생들이 범접하기 싫어하는 인성부실에 개학 첫날부

터 시도 때도 없이 찾아오는 2학년 학생이 있었다. 그는 쉬는 시간마다 인성부실에 들어와 선생님에게 말을 걸었다. 이상한 건 선생님들의 반응이었다. 아무도 그를 달가워하지 않는 것이었다. 심지어 인사를 받지 않는 이도 있었다. 주위에 물어보니 그 학생은 교무실에서 놀기가 취미라고 했다. 1학년 때부터 친구가 없어 교무실을 들락거린다고 했다. 시험문제 출제 기간이면 간혹 결석을 한다고 했다. 교무실에 들어갈 수 없다는 게 이유였다. 아무튼 이상한 놈이었다.

선생님에게조차 따돌림을 받던 녀석이 새로 온 나에게 살가워하는 건 당연했다. 그와 몇 마디를 나누다 보니 그에게서 특출한 재능을 발견했다. 녀석에겐 성능 좋은 안테나가 있었다. 동급생은 물론 선후배들에 대한 많은 정보를 알고 있었다. 누가 어디서 자주 흡연을 하며, 누가 연애를 하고 있고, 누가 갈등 관계에 있다는 등의 고급 정보였다.

학생들의 동태를 파악하고 있는 것은 인성부장에겐 꼭 필요한 덕목이었다. 그는 훌륭한 정보원이 될 자질이 충

분했다. 나는 그를 스파이로 기용하기로 했다. 그도 자신을 필요로 하는 선생님이 있다는 것에 꽤 흡족해했다. 그날부터 그는 알짜 정보를 물어오기 시작했다. 나는 그것들을 수첩에 빼곡히 기록했고, 학생들을 지도하는 데 곧잘 써먹었다. 인성부실에 잡혀 온 학생들은 내가 자신들에 대해 많은 것을 알고 있다는 것에 놀라고는 모든 것을 실토하곤 했다.

그의 정보로 인해 많은 학교폭력을 예방할 수 있었고, 많은 사건을 수월하게 해결했다. 학교폭력이 눈에 띄게 줄어들자 관리자들은 내가 인성부장의 새로운 지평을 넓혔다며 극찬했다. 나도 내가 인성부장의 자질이 있는 것에 놀랐다.

이 모든 것이 나의 스파이 덕분이었다. 이놈은 유일하게 단점이 하나 있었는데, 가성비가 안 좋다는 것이었다. 한마디로 돈이 많이 들었다. 고급 정보를 들고 오는 날이면 꼭 먹을 것을 요구했는데, 과자만 던져줘도 잘 작동하던 놈의 안테나가 이제는 햄버거를 요구하는 지경에 이르렀다. 그뿐만 아니라 놈에게 모범학생 상장과 학생회 인성부 차장의 지위까지 부여했다. 어쨌든 우리는 궁합이 잘 맞았다.

그러나 녀석이 3학년이 되었을 때 비극이 시작되었다. 여름방학을 앞둔 어느 날 스파이가 학교폭력 피해를 당했다고 신고를 한 것이다. 놈의 정보로 인해 징계를 받은 흡연자와 각종 비행 학생들이 스파이의 정체를 알게 되었고, 급기야 그를 폭행한 것이었다.

그의 멍든 눈은 안테나가 부러졌다는 신호로 읽혔다. 그를 학교폭력의 피해자로 만들었다는 죄책감보다는 이제 그를 버려야 할 때가 되었다는 생각이 들었다. 이내 새로운 스파이를 물색하기 시작했다.

이상한 놈들이 있다

교직에 있다 보면 이상한 학생들을 부지기수로 만난다. 그런 놈들은 여기가 학교인지 병원인지 헷갈리게 만든다. 유독 이상한 놈들이 많이 모인 학년이 있다. 그럴 때 담임을 맡으면 정말 힘들어진다. 어느 고등학교에서 3학년 담임을 할 때 그런 놈들을 만났다.

A는 수업 시간 외에는 교실에 붙어있지 않았다. 쉬는 시간이나 점심시간이면 늘 교정 이곳저곳을 쏘다녔다. 일찌감치 성장이 멈춰 키 1미터 60에, 배는 남산만큼 부른 놈이었다. 그가 뒷짐을 지고 잰걸음으로 걷는 폼을 보면 절로 웃음이 났다.

시간이 날 때면 그는 다른 학년의 교실은 물론 특별실, 운동장과 뒤뜰 구석진 곳까지 돌고 또 돌았다. 비가 오면 우산을 들고 돌았고, 심지어 시험을 치는 날에도 돌았다. 그래서 별명이 교장이었다. 왜 그러냐고 물으면 대답을 안 했다. 그는 나중에 경북의 아주 안 좋은, 하지만 캠퍼스 넓은 대학에 진학했다.

여학생 B는 별명이 '변태'였다. 여학생이 그런 별명을 갖기는 쉽지 않다. 처음 봤다. 그녀는 남학생이 지나가면 엉덩이를 만졌다. 아니 주물렀다. 갑작스러운 성추행에 불쾌감을 느낀 남학생이 때리기라도 하면, 그녀는 맞으면서도 엉덩이를 만졌다. 나도 당했다. 수업을 마치고 나오는데 뒤따라온 그녀가 내 엉덩이를 만졌다. 꾸중을 하면 그녀는 실실 웃기만 했다. 그 후로도 여러 번 그랬다. 학생들의 증언에 따르면 그것이 그녀의 컨셉이라 했다. 정신적으로 아무 문제가 없는데 학교에만 오면 변태 캐릭터로 바뀐다고 했다.

인성부 선생님에게 신고를 했더니 그녀의 남자 추행은 유서 깊은 일이라며 병원에 보내지 않는 이상 답이 없다

고 했다. 그나마 뒤를 만지니 다행이다 싶었다. 앞이었으면 어쩔 뻔. 그녀가 졸업할 때까지 피해 다녔다.

C는 우리 반이었다. 그는 말을 안 했다. 무얼 물어도 대답은 않고 눈만 껌뻑거렸다. 진학상담을 할 때도 그랬다. 정말로 말을 못 한다고 하는 아이들도 있었고, 말하는 걸 들은 적이 있다는 증언도 다수 있었다. 전년도 담임에 따르면 벙어리는 아니고 선택적 함묵증이라 했다. 외동이라 부모님과 나누는 몇 마디 말이 전부라고 했다. 집 밖에서 말을 안 하다 보니 어느 순간 그것이 그의 정체성이 되었고, 이제는 말을 하는 것이 부담스러운 상태라는 것이었다. 유치원에 다닐 때부터 어느 담임도 그와 대화를 나눈 사람이 없다고 했다.

어느 토요일 오후 그의 집으로 전화를 했다. 누군가 전화를 받았는데 말이 없었다. 코를 잡고 말했다.

"주문이 헷갈려서 그러는데요, 아까 짜장면 몇 그릇 시키셨죠?"

"안 시켰는데요."

틀림없이 그의 목소리였다. 나는 그와 말을 섞은 최초의 담임이 되었다.

복학생 D는 스물두 살이었다. 일진이었던 그는 여러 가지 사고를 많이 치고 유예와 복학을 거듭했다고 했다. 아침에는 덜 깬 술 냄새가 났고, 쉬는 시간에는 어디선가 흡연을 하고 왔다. 학생들은 그를 무서워했지만, 선생님들에게는 늘 깍듯했다.

그는 후배들의 불알을 움켜잡는 불량한 버릇이 있었다. 지나가다 불알을 꽉 잡힌 후배들은 복도에 쓰러져 데굴데굴 굴렀다. 그를 만나면 학생들은 축구에서 프리킥을 수비하는 선수처럼 앞섶을 가리곤 했다.

한날은 복도에 서서 그와 진학에 관한 얘기를 나누었다. 수시모집에 관해 말하고 있는데 그가 갑자기 내 불알을 움켜쥐었다. 습관적으로 무심코 한 행동이었다. 아팠지만 체면상 바닥에 구를 순 없었다. 그도 무언가 잘못했다는 걸 깨달은 것 같았다. 그는 내게 간곡히 사과했고, 나는 불알 잡힌 얘기를 비밀로 하는 조건으로 그를 용서했다.

삼각 수영팬티는 글쎄

고등학교 3학년 담임을 할 때였다. 여름방학 보충수업이 끝나는 날 아이들을 데리고 계곡으로 물놀이를 갔다. 민박집 앞 계곡은 깊이가 3미터가량으로 다이빙을 하기 좋은 스팟이었다. 즐거워하는 아이들을 보며 나는 물에 발만 담그고 앉아 있었다. 나는 물을 좋아하지 않았지만, 그보다 수영을 못했다.

살며시 내 뒤로 다가온 두 놈이 나를 들어 물에 던져 넣었다. 미처 허파에 공기를 채우지 못한 상태에서 물을 먹고 허우적거렸다. 그대로 가라앉아 바닥을 딛고 수면 위로 올라왔다. 살려달라는 말을 할 새도 없이 공기를 머금고 다시 바닥으로 내려가야 했다. 그렇게 오르락내리락하며 구해달라는 뜻으로 두 손을 흔들었다. 눈치 없는 놈들은 상황 파악도 못 하고 마주 손을 흔들기만 했다.(닥치고 구해주면 안 되겠니?) 서서히 몸에서 기력이 빠지며 이승을 떠도는 영혼들이 보이기 시작했다. 주위에 있던 노인이 튜브를 던져주지 않았다면 그날 9시 뉴스에 나올 뻔했다.

그래서 수영을 배우기로 했다. 아침 6시부터 하는 초보 수영 강습반에 들어갔다. 아, 그런데 남자가 나밖에 없었다. 대부분이 중년의 여성들이었고, 심지어 강사도 여자였다. 내 몸 곳곳을 훑는 그들의 끈적한 시선은 나의 착각이었을까. 삼각 수영팬티가 더 부끄러워졌다. 패드를 잡고 발차기를 연습하던 첫 3주는 괜찮았다. 이후 배영을 배우기 시작하자 난감한 상황이 닥쳤다. 한 명씩 물 위에 누운 상태로 출발하는데, 아랫도리가 부각되는 것이 영 마음이 석연찮았다. 남자 수영복은 삼각팬티라는 불문율은 대체 누가 만들었을까.

아랫도리에 신경을 쓰니 몸에 힘이 들어가 자꾸 부력

이 떨어졌다. 분명 배영을 하고 있다고 생각했는데 정신을 차려보면 거의 물속에 비스듬히 서 있었다. 헤엄을 치는 것이 아니라 발이 바닥을 밀고 있었다. 여성들은 모두 실력이 늘어 뒤로 쭉쭉 흘러가고 있는데 나만 뒤로 쭉쭉 걷고 있었다. 한순간에 비싼 강습비 내고 부진아가 되었다.

그래서 수영을 그만두었다. 두 달을 채우지 못했다. 수영장 쓰레기통에 삼각팬티를 버렸다.(이건 옷이 아니야!) 수영을 배우면 익사는 안 하겠지만 쪽팔려 죽는 수가 있다.

지인知人 안 할래

귀가 얇은 우리 처형은 쉽게 일을 벌이고 쉽게 접는다. 한두 번이 아니다. 그러거나 말거나 다 좋은데 뭔가를 시작할 때마다 지인 찬스를 쓴다는 게 문제다. 아내는 단호히 말리지만 도움을 청하는 손길을 거절하는 게 쉽지 않다. 그녀가 보험을 하면 나는 피보험자가 되고, 물건을 팔면 구매자가 되고, 회원을 모집하면 회원이 되었다. 나이 오십 줄을 넘기더니 요즘은 좀 조용하다. 그래도 경계심을 풀지 않는다.

처형에게 당하는 건 그래도 낫다. 제자들이 더 무섭다. 스승의 날이라고 반갑게 전화를 받으면 짧은 인사 뒤에

꼭 사족이 붙는다. 선불폰 구매, 카드 발급, 정수기 판매까지 직종도 다양하다. 개중에는 대뜸 돈을 빌려 달라고 하는 놈들도 많다. 교단에서 좀 아는 체 사기 쳤더니 녀석들이 사기 치는 것만 배워버렸다. 선생님은 지인에서 좀 빼 주면 안 되겠니?

제자 중 H는 괘씸하기 짝이 없는 놈이다. 첫 만남부터 사기를 친 놈이다. 모 고등학교에서 3학년 담임을 맡았을 때 그는 우리 반이었다. 개학 첫날부터 결석을 했다. 그러고는 일주일을 내리 결석했다. 얼굴도 모르는 놈을 찾아 가정방문을 했다. 그랬더니 동네에서 아무개의 오토바이를 부쉈는데 물어줄 20만 원을 마련하느라 학교를 못 갔다고 했다.

H는 할머니와 네 살 아래 동생과 셋이 살고 있었다. 부모님이 가출한 집은 처음 봤다. 벌써 10년째 소식이 없다고 했다. 학교를 나오는 조건으로 20만 원을 줬다.(당시 물가로 계산하면 큰돈이었다). 그러나 오토바이 파손은 거짓말이었고 그 돈은 유흥비로 썼다는 걸 한참 뒤에 알았다.

어느 날 그에게서 전화가 왔다. 졸업한 지 3년쯤 되었을 무렵이었다. 할머니가 돌아가셨는데 장례비가 필요하다며 30만 원을 빌려 달라고 했다. 꼭 갚겠다는 상투적 말조차 덧붙이지 않았던 것 같다. 워낙 목소리가 다급했고, 두 손자를 힘들게 거두었을 할머니를 생각하며 망설임 없이 이체했다. 그게 사기라는 걸 나중에 알았다. 지하에 누워 계셔야 하는 그의 할머니는 그 후로도 꼬박 10년은 더 생존하셨다.

이제 제자로부터 걸려오는 전화가 두렵다. 돈이 아까워서가 아니다. 열심히 가르치고 나름 애정으로 돌봤던 제자에게 배신의 칼을 맞기가 싫어서다. 사랑했던 제자가 그런 모습으로 살고 있다는 게 끔찍해서 차라리 모르고 싶다. 선생님에게 사기 치지 말자, 제발! 세상 물정 모르는 선생님은 사기그릇과 같다. 치면 깨진다.

복싱을 그만둔 이유

학생들은 날로 거칠어만 갔다. 담임 선생님은 물론이고 심지어 인성부장 선생님이나 교장 선생님에게까지 대드는 경우 사실상 지도 방법이 없다. 부모를 호출해도 별 의미 없다는 걸 안다. 자식을 그렇게까지 방치한 부모는 대면하지 않아도 족히 그림이 그려진다. 교사의 권위에 기대던 시대는 기억이 가물가물하다. 교사의 권위는 짓밟히다 못해 종적을 감추었다. 이제 밟힐 것도 없다.

그래서 복싱을 시작했다. 시내를 거닐다 불현듯

체육관 간판이 눈에 들어왔다. 권위를 잃은 교사일지언정 학생들에게 물리적으로나마 당할 수는 없다는 생각을 했다. 큰 수모를 당하지 않고 교직에서 버티려면 스스로를 보호할 힘은 있어야 했다. 선생님을 폭행하는 학생의 이야기는 뉴스에만 나오는 것이 아니다. 선생님들에겐 그런 학생을 보는 것이 일상이 된 지 오래다. 서글픈 현실이다.

저녁 일곱 시부터 열 시까지 매일 체육관에 갔다. 훈련은 줄넘기 2,000회로 몸을 데우는 것으로 시작했다. 거울 앞에서 기본 스텝을 밟고, 간간이 배우는 동작을 반복했다. 그 후에는 샌드백을 치며 주먹을 단련했다. 복싱은 생각했던 것만큼 단순 무식한 운동이 아니었다. 본능에 가까운 민첩성과 엄청난 체력이 필요했다. 힘들었지만 말 안 듣는 학생들을 제압하는 내 모습을 상상하며 버텼다. 어지간한 기본 동작을 배운 지 8개월이 지나서야 링에 오를 수 있었다. 처음에는 가상의 상대를 이미지화하여 연습하는 섀도복싱을 했다. 상상 속에서 상대를 코너로 밀어붙이며 쉴 새 없이 주먹을 휘두르다 보면 땀에 흥건히 젖었다. 실제로도 잘할 수 있을 것 같은 착

각이 들었다.

그로부터 두 달 후 관장님은 내게 사람을 상대하는 스파링의 기회를 주었다. 실전에 가까운 스파링은 아니었다. 천천히 가벼운 주먹을 휘두르고 피하며 링에서의 감각을 익히는 과정이었다. 문제는 나와 체급이 비슷한 성인이 아무도 없다는 거였다. 대개 나보다 두 체급 이상 큰 덩치들이었다. 스파링을 하다 보면 내 주먹은 그들의 우람한 근육 위에서 산산이 부서졌다. 반면에 그들이 가볍게 내지른 주먹은 내게 엄청난 통증을 가져왔다. 머리와 가슴에 보호구를 착용하고 있었지만, 고통은 그대로 전해졌다.

한날은 90킬로그램의 거구와 가벼운 스파링을 했다. 그가 장난으로 살짝 힘을 줘 내 턱에 주먹을 날렸고 나는 그대로 다운을 당했다. 머리가 어질하고 몸을 가눌 수 없었다. 그가 내민 손을 잡고 일어서다 문득 깨달음이 왔다. '아, 내가 돈 내고 매를 맞고 있구나!'

그날부로 복싱을 그만두었다. 나비처럼 날아 벌처럼 쏘려던 꿈을 접었다. 그래도 스텝은 충분히 익혔으니 난폭한 학생을 피해 도망갈 수는 있겠지.

사교육 안 받은 아들은 지금

시에서 주관한 영어캠프에서 만난 P는 영어 영재였다. 캠프는 여름방학 동안 중학교 1, 2학년을 대상으로 했다. 한국인 영어 교사와 원어민 영어 보조교사가 짝을 이뤄 네 개 반을 순회하는 방식으로 수업이 진행되었다. 나름 선발된 학생들이었지만 그렇다고 영어 실력이 매우 뛰어난 학생들만 있는 건 아니었다. 평범하지만 부모님의 등쌀에 못 이겨 참가한 학생이 태반이었다.

그중에서도 P는 1학년임에도 불구하고 그의 반에서 단연 돋보였다. 영어 듣기와 말하기 수준이 2학년

을 훨씬 능가했고, 제법 수준 있는 단어를 구사하기도 했다. 초등학교에 들어가기 전부터 영어 사교육을 엄청 많이 받았다는 이야기를 나중에 들었다. 그가 있는 반에서 한 첫 수업은 영어권 나라의 문화 수업이었다. 역사, 인물, 제도 등과 관련된 어휘를 원어민 교사가 풀어 설명하면 학생들이 맞추는 게임이었다. 원어민 교사와 내가 준비한 어휘는 60개였는데 다른 반에서는 대개 40개 정도로 50분 수업을 꽉 채웠다. 하지만 P가 있는 반에서는 달랐다. 문제를 내는 족족 그가 모조리 정답을 말했고, 그의 팀은 독보적으로 점수가 앞서갔다. 30분 만에 준비한 단어는 모두 소진되었고, 원어민 교사와 나는 망연자실했다. P를 때리고 싶었다. 그 수업은 그렇게 망해버렸다.

학교를 이동했을 때 3학년이 된 P를 다시 만났다. 이상하게도 그는 좀체 수업에 집중하지 못하는 모습이었다. 결국 1학기 중간고사에서 평균을 살짝 웃도는 점수를 받았다. 지난 2년간 그에게 무슨 일이 있었던 걸까. 마음의 상처가 될까 하여 물어보지는 않았다. 자신의 수준에 턱없이 못 미치는 수업에 흥미를 잃었을지도, 아니면 문법과 읽기에 집중된 영어 수업의 피해자가 되었는지도 모르겠다. 너무 일찍 시작한 사교육과 영재를 뒷받침해 주지 못한 공교육의 폐해, 그 모두가 원인일 수도 있다. 어쨌든 영어 영재였던 그는 어느새 영어 둔재로 변모해 있었다. 씁쓸했다.

광풍처럼 휩쓸고 있는 사교육의 물결에 동참할 것인지, 그럼에도 불구하고 공교육이라는 버스에 올라 종점까지 흔들리며 갈지, 어느 것이 정답인지는 모르겠다.

이즘 되면 독자들은 궁금할 것이다. 나의 아들 녀석은 고등학교를 졸업할 때까지 한 번도 사교육을 받지 않았다. 삼수 끝에 겨우 대학에 갔다.

교감에게 찍혔을 때

처음 만났을 때부터 교감은 나를 탐탁지 않게 생각했다. 섣부른 추측이 아니라 실제 말과 행동으로 나를 괴롭히기 시작했다. 교감은 시골 마을 이장 같은 수더분한 인상이었다. 좋은 사람인 줄 알았다. 그런데 나의 복장부터 걸음걸이, 학생에게 하는 말투 모든 것을 꼬집어 지적질을 했고, 어떤 핑계를 대서든 상신한 결재는 한 번에 승인되지 않았다. 스물여덟, 초임 교사의 교직 생활은 시작부터 비극이었다.

중간고사를 끝낸 어느 날, 학생들은 수업을 거부했다. 오늘 하루쯤은 쉬는 게 어떻겠냐며 영화를 보여달라고 했다. 나도 내심 바라는 바였다. IT를 담당하는 학생에게 방송실에서 비디오플레이어를 가져오게 했다. 당시는 교실에 컴퓨터를 비롯한 어떤 IT 기계도 없던 시절이었다. 그리 크지 않은 텔레비전만 교실 앞에 달려 있었다. 비디오플레이어가 오기 전 막간을 이용하여 힘깨나 쓴다는 학생과 교탁에서 팔씨름을 했다.

그의 손아귀에서 묵직한 힘을 느낀 것과 동시에 창밖에서 쏘아보는 교감의 강한 시선을 느꼈다. 교감은 미동도 않은 채 창문 너머로 나를 한심한 듯 바라보았다. 얼른 팔을 풀고 학생들을 제자리에 앉혔다. 고개를 절레절레 흔들며 걸음을 옮기던 교감은 때마침 비디오플레이어를 들고 오던 학생과 복도에서 마주쳤다. 정말 재수 없는 날이었다. 그날부터 나는 교감의 뇌리에 수업을 대충 때우는 교사로 각인되었을 것이다.

또 다른 계기도 있었다. 당시엔 급식이 유료여서 밥값을 선불로 낸 학생들만 식당을 이용했다. 그 때문에 밥을 굶는 학생들이 더러 있었다. 우리 반에도 다섯 명가량은 늘 점심을 먹지 못했다. 안타까웠다. 보다

못해 집에서 전기밥솥을 챙겨 와 밥을 해 먹였다. 쌀을 씻으러 솥을 들고 화장실로 들어서다 교감과 마주쳤다. 교감은 예의 그 날카로운 눈빛을 안경 너머로 던지며 한마디 쏘아붙였다.

"교사 체면 구기는 일은 혼자 다 하는구만."

납득할 수 없었다. 하지만 하지 말라니 더는 할 수 없었다. 그 외에도 기억나지 않는 숱한 일들이 있었다. 교육적 목적으로 그 어떤 일을 해도 교감에게서 인정받을 수 없었다. 상사에게 찍히면 돌이킬 수 없다는 사실을 받아들여야 했다.

그래서 학교를 옮겼다. 아주 멀리 있는 학교로 갔다. 그런데 1년 뒤 승진한 그 교감이 교장이 되어 내가 근무하는 학교로 부임했다. 이렇게 재수 없을 수가. 암담했다. 교장에게 구겨지고 부서지며 암흑 같은 2년을 보냈다.

교감에게 찍혔을 때 달리 방법은 없다. 무조건 학교를 옮겨야 한다. 그것도 잘!

교감에게 사랑받는 법

초임 때부터 나를 싫어하던 교감이 교장이 되어 나타났을 때, 나는 정말이지 교직을 그만두고 싶었다. 교장은 역시나 터무니없는 갑질을 계속했다. 중독 수준으로 술을 좋아해서 잦은 술자리에도 억지로 참석하게 했다. 이상한 것은 만취할 정도로 마셔도 그날의 일을 잘 기억한다는 것이었다. 회식 다음날이면 불참한 교사를 불러 일일이 이유를 따져 묻곤 했다. 그땐 정말 그나마 회식에서 자유로운 여자가 부러웠다.

나만 미워하는 것이 아니라는 것이 교장의 유일한 장점이었다. 교감을 비롯해 거의 모든 교사를 탐탁지 않게

여겼고, 모두를 힘들게 했다. 내겐 차라리 그게 좋았다. 무지막지한 교장과 달리 교감은 인자한 성품으로 모두에게서 존경을 받고 있었다. 교감은 특히 나를 예뻐라 했는데, 물론 처음부터 그런 것은 아니었다. 우연한 계기가 있었다.

쌀쌀한 봄기운이 남아있던 3월 말경 조촐한 저녁 회식 자리가 있었다. 교장, 교감, 부장교사, 그리고 나 네 명이 동석했다. 학년부 업무를 잘 도와달라는 취지에서 부장교사가 마련한 술자리였다. 몇 순배의 잔이 돌고 취기가 오른 교장은 또 헛소리를 늘어놓기 시작했다. 대부분이 다른 교사들을 험담하는 얘기들이었는데, 듣는 것만으로도 자리가 불편했다.

밤 10시를 조금 넘은 시각에 결국 그 사달이 났다. 교장이 교감에게 술을 따라주며 무어라 부아를 돋우는 말을 한 것이다. 잘 기억은 나지 않지만 저런 이야기를 면전에 해도 되나 싶을 정도로 수위 높은 인격 비하성 발언이었다. 교감은 가득 찬 술잔을 쾅 하고 내려놓았다. 피가 튀듯 술이 사방으로 퍼졌다. 온화한 사람이었지만 그에게는 체육과 특유의 혈기가 남아있었다. 교감은 아무 말 없이 자리를 박차고 일어나 방을 나갔다. 나는 얼른 그를 뒤따라가 팔을 잡았다. 교감을 달래어 다시 돌아오도록 하려는 의도는 전혀 없었다. 단지 교감이 벽에 걸어두고 간 상의를 챙겨주려 했을 뿐이었다.

교감은 뒤도 돌아보지 않고 팔을 뿌리쳤다. 그 바람에 나는 중심을 잃고 앞으로 쓰러졌다. 순간 마치 큰절을 하듯 바닥에 무릎을 꿇고 엎어졌다. 꽈당 소리에 교감이 뒤를 돌아보고는 꿇어 엎드린 나를 발견했다. 내려다보는 눈빛에 감동이 가득했다.

'나를 붙잡기 위해 이렇게 무릎까지 꿇다니, 그것도 젊은 사람이…….'

아마도 이런 격한 감정을 느끼지 않았을까 싶다.

그 일이 있은 후 나에 대한 교감의 태도는 BTS를 대하는 '아미'의 사랑 그 자체였다. 교감에게 사랑받는 방법은 간단하다. '낮은 자세'로 임하면 된다.

갱년기 교감에게 대처하는 법

교감 선생님이 새로 왔다. 인사이동이 있으면 사람보다 소문이 빠른 법이다. 들리는 말에 의하면 아주 좋은 분이라고 했다. 교감 선생님은 서글서글해 보였고 인상도 그리 나쁘지 않았다. 갓 승진한 기쁨이 채 가시지 않은 듯 한껏 상기된 얼굴이었다.

먼저 있던 교감 선생님이 워낙 별난 분이어서 선생님들의 기대는 컸다. 의욕적으로 업무를 파악하고 이것저것 많은 것을 챙기면서도 웃음을 잃지 않는 모습에 우리는 혹여나 하는 우려를 씻어냈다. 하지만 딱 거기까지였다.

이튿날부터 교감 선생님은 변화의 조짐이 보였다. 아

니 완전히 다른 사람이 되었다. 어제의 교감 선생님과 확연히 달랐다. 교무실이 지저분하다는 둥, 슬리퍼를 소리 나게 끌지 말라는 둥, 수업 시작종이 치기 전에 교실로 출발하라는 둥 온갖 주문이 쏟아졌다.

회의 도중에는 목소리 톤을 한껏 높여 짜증을 냈고, 누가 반론이라도 제기할라치면 수첩으로 책상을 내리치며 대노했다. 구관이 명관이라 했던가. 우리는 교감 선생님이 좋은 분이라는 소문을 가져온 사람을 색출하기 시작했다. 그릇된 소문을 퍼뜨린 책임을 물으려 했다. 얼마 뒤 알게 된 사실이지만 교감 선생님은 갱년기를 겪고 있었다.

교감 선생님의 만행(?) 중 최악은 결재를 잘해 주지 않는 것이었다. 결재를 상신하면 이런저런 이유를 대어 반려시켰다. 글자가 좀 틀려도, 띄어쓰기가 틀려도, 일시, 장소, 대상의 순서가 바뀌어도 반려했다. 결재를 반려 당하면 물론 기분은 나쁘지만 그녀의 지적이 틀린 것은 아니었다. 공문 작성엔 원칙이 있고 명백히 어법이 있으니 할 말은 없었다.

다만 굳이 반려할 정도로 상식선을 넘는 오류가 없을 때에도 반려한다는 것이 모두를 분노케 했다. 너무 많은 결재를 반려하여 우리는 그녀에게 '반려자'란 별명을 붙였다.

나도 그런 일을 여러 번 겪었다. 한 번은 학생들과 함께 벽화 작업을 하기 위해 초과근무를 상신했다. 사유는 '벽화 제작 및 학생 지도'였다. 역시나 초과근무는 반려되었고, 교감이 내부 메신저 쪽지로 보내온 반려 사유는 이랬다.

'벽화는 제작하는 것이 아니라 그리는 것임.'

정말 너무한다 싶었다. 학교 밖으로 나가는 공문도 아니고 단순히 근무상황 신청에 불과한데 말이다. 그 후로도 그와 유사한 일은 숱하게 있었고, 교감에 대한 분노 게이지는 점점 높아갔다.

그로부터 2년여 지났을 즈음부터 교감 선생님은 다시 바뀌기 시작했다. 화를 내는 일도, 결재를 반려

거절
교감
다시 해!!

하는 일도, 이런저런 잔소리를 하는 일도 확연히 잦아들었다. 갱년기는 막바지에 접어들었고, 교감 선생님은 본연의 온화한 인품을 회복하는 중이었다.

그녀는 확실히 좋은 사람이 맞았다. 하지만 지난 2년은 정말 힘들었다. 만날 사고 치는 학생들보다도 교감 때문에 출근하기가 싫었으니까.

갱년기의 실상을 보고 나니 사춘기보다 더 무섭다는 말이 실감 났다. 사실 갱년기 교감에 대처하는 방법은 딱히 없다. 교감이 바뀌기를 기다리거나 갱년기가 끝날 때까지 버티거나.

누가 그랬을까

오래전부터 사람들은 세상을 이해하려 다각적으로 노력해 왔다. 사실이 아닐지언정 자신이 믿고자 하는 방향으로 해석하기도 한다. 그래서 세상에는 7대 미스터리가 있고 그에 더해 각종 음모론이 난무한다. 하지만 사람들은 내심 미스터리는 영구 미스터리로 남아있길 바란다. 마치 무적의 마이크 타이슨을 누군가 이겨주길 바라면서, 한편으론 그의 연전연승이 이어지길 바라는 마음인 것처럼.

나는 7대 미스터리에 인성부 교사 시절 겪은 미

스터리한 사건 하나를 더하고 싶다. 이 사건에 대해 심증은 확실하나 물증이 없으므로, 이것 역시 미스터리이면서 일종의 음모론이기도 하다.

학교에서 인성부 또는 학생부라고 하면 떠오르는 이미지가 있다. 우락부락하고 거친, 그래서 학생들이 두려워하는 외모의 교사가 인성부를 맡는다는 이미지다. 그래서 내가 인성부원이 되었을 때 나는 그 사실을 쉬 받아들일 수 없었다. 아무리 거울을 봐도 나름 꽃미남인데 인성부라니, 업무분장이 잘못된 게 아닐까 교감 선생님에게 몇 번을 물었다.

물론 내가 체벌도 안 하고 사랑으로만 학생들을 감싸는 타입이라는 건 아니다. 그냥 왠지 고속도로에 잘못 진입한 것처럼 암담하고 억울한 기분이 들었다. 올해는 정말 힘들겠구나 하는 자포자기의 심정이었다. 오래지 않아 그 심정은 곧 현실이 되었다.

선생님들은 툭하면 인성부 교사를 찾았다.

"선생님, 저기 누가 담을 넘고 있어요. 가보세요."

헐레벌떡 달려온 중년의 여교사가 나를 재촉했다. 달려가 봤자 담 넘은 놈은 어디론가 가버렸겠지. 나더러 어쩌라고. 달려올 시간에 지도하지, 월담하는 놈은 인성부 교사만 지도하나. 그렇게 속앓이를 하는 수밖에 없었다.

이런 일도 있었다.

"선생님, 4층 교실에서 아이들이 싸우고 있어요. 좀 말려주세요."

신고하러 올 시간에 좀 말리지 큰 부상이라도 나면 어쩌려고 속으로 말하며, 몸은 이미 4층을 향해 달렸다. 그래도 이런 일들은 약과다. 8대 미스터리에 비하면.

이 미스터리한 사건의 전말은 이렇다. 5교시 수업이 진행 중이었다. 젊은 여교사가 교실 문을 열고 수업을 하고 있던 나를 찾았다. 별관 1층으로 속히 가보라는데, 교실까지 찾아온 것을 보면 큰 사달이 난 게 분명했다.

별관은 3학년 교실이 있는 건물이었다. 문제의 장소로 가보니 숨이 턱 막혔다. 차라리 싸움이라도 났으면 싶었

다. 누군가 현관 복도에 똥을 싸놓은 것이었다. 똥이 아니었다. 덩어리보다 액체의 비중이 높았으므로 차라리 설사에 가까웠다. 근데 그 양이 실로 놀라웠다. 지름 1미터는 족히 될 지면을 시커먼 덩어리와 누런 물이 차지하고 있었다. 사람의 것이라 믿기 힘든 양이었다. 아, 더러웠다.

이걸 치우라는 건지 범인을 찾아달라는 건지, 제보한 선생님의 의도가 궁금했다. 잠시 마음을 진정하고 탐정소설의 주인공인 양 현장을 둘러보았다. 양도 양이지만 더 놀라운 건 화장지나 그런 역할을 했음직한 종이 한 장 보이지 않는다는 것이었다. 30미터만 가면 화장실인데 급하긴 급했나 보다. 그렇다면 범인은 뒤를 닦지도 않고 현장을 떴다는 이야기였다.

더 살펴보고 싶었지만 역한 냄새를 참기 어려웠고, 20분이 지나면 아이들이 쏟아져 나올 것이므로 시간이 없었다. 밀대 걸레와 쓰레받기와 양동이를 찾아들고 와 급히 현장을 수습했다.

CCTV가 없던 시절이었다. 그런데 5교시에 들어갔던 선생님들에게 수소문해 봐도 교실을 무단이탈한 학생이 없다는 것이었다. 달리 범인을 특정할 수가 없었다. 화장실 급한 외부인의 소행이었을까. 그건 아닐 것이다. 왜냐하면 교문에서는 별관보다 본관이 더 가까웠으니까.

내부인의 짓이라면 누구일까. 아무리 생각해봐도 3학년 P군이 유력했다. 평소에도 이상한 행동을 자주 하던 녀석이었다. 혼자 있다가도 허공을 향해 욕설을 퍼붓기도 했고, 수업 시간에 갑자기 교실을 뛰쳐나가 집으로 가버리기도 했다. 무엇보다도 그 많은 똥과 액체를 보유할 수 있는 큰 대장과 방광의 소유자가 P 외에는 없었다. 그는 90킬로그램은 족히 넘을 거구였다.

어쨌든 그 사건은 여태껏 미제로 남아 있다. 과연 누가 그랬을까. 복도에 볼일을 보고 나면 인성부 교사인 내가 와서 치울 거라는 빅픽쳐big picture를 그린 놈은….

그땐 미안했다

어느 중학교에 근무할 때의 일이다. 여자 원어민 영어 보조교사와 수업을 하고 있었는데, 학생 한 명이 가운뎃손가락을 들어 올렸다. 원어민은 들고 있던 교과서를 집어던지고 교실을 나갔다. 당장 미국으로 돌아가겠다는 걸 간신히 말렸다. 학생은 장난으로 그랬겠지만, 그녀의 반응은 분노를 넘어 무어라 형언할 수 없는 극한의 감정까지 갔다. 그 학생은 영어로 세 장의 반성문을 쓰고서야 겨우 용서를 받았다. 물론 구글 번역기의 도움이 있었다.

가운뎃손가락이 언제부터 극악무도한 욕설 행위가 되

었는지는 정확하지 않다. 그에 대한 여러 가지 설이 난무한데, 어떤 것은 고대 그리스나 고대 로마로까지 거슬러 올라가기도 한다. 그중 그래도 가장 그럴듯한 설을 소개하자면 다음과 같다.

> 15세기에 영국과 프랑스 사이에 백년전쟁이 일어났다. 당시 영국군의 주력은 궁수였는데, 그 화살의 힘이 너무나 강력해 프랑스군의 갑옷을 뚫을 정도였다. 그래서 프랑스군은 영국 포로를 잡으면 활을 쏠 수 없도록 손가락을 잘랐다.
> 프랑스군의 만행에 치를 떤 영국군은 전투에서 승리할 때면 손등을 바깥으로 하여 검지와 중지로 브이자를 만들어 보였는데, 이는 손가락이 잘리지 않았다, 즉 승리했다는 조롱 섞인 표현이었다. 때론 검지를 내리고 중지만 들어 보이기도 했는데, 역시 모욕을 주려는 의도는 같았다.
>
> 출처: '널 위한 문화예술'님의 블로그

지금은 우리나라에서도 가운뎃손가락이 욕설로 통하지만 본디 서양에 국한된 문화였을 것이다. 그런 문화는

아마도 해방 후 햄버거와 함께 우리나라로 건너오지 않았을까 추측해 본다.

나는 가끔 가운뎃손가락을 욕설이 아닌 일반 수신호로 사용하기도 했다. 가령 수업 시간에 화장실이 급한 학생이 있으면 가운뎃손가락을 든다. 그러면 나도 역시 가운뎃손가락으로 답을 한다. 손가락을 위로 들면 긍정의 의미, 아래를 향하게 들면 부정의 의미인 것으로 약속이 되어 있다.

출근 시간에는 차를 타고 가다 보면 걸어가는 학생들이 보인다. 태워주기를 원하는 학생은 역시나 가운뎃손가락을 들면 된다. 내가 가운뎃손가락을 올려 들면 타라는 의미, 아래로 내려 들면 타지 말라는 의미다. 그냥 재미로 그랬다. 학생들은 약간 상식을 벗어나는 교사의 언행에 동질감과 경외심을 보이는 법이다.

어느 날 출근을 하고 있는데, 한 녀석이 내 차를 향해 가운뎃손가락을 올리며 태워달라는 신호를 보냈다. 그때 나는 그걸 보지 못하고 그냥 지나쳤다. 그런데 하필 걸어서 출근하던 인성부장 선생님이 그 장면을 목격했다. 인성부실에 불려 간 그 녀석은 억울함을 호소했다. 나와의 약속된 수신호였음을 아무리 항변해도 인성부장 선생님은 믿어주지 않았다.

학생의 반복된 주장에 인성부장 선생님이 나에게 확인차 전화를 했다. 나는 그런 일 없다고 답했다. 그날 그 녀석의 운명이 어떻게 되었을지 상상이 간다. 그런 약속을 한 것도, 인성부장 선생님에게 거짓말을 한 것도 모두 장난이었다. 어쨌든 그땐 미안했다.

가장 고통스러운 순간

고등학교 3학년 수업을 하다 보면 수험생활을 힘들어하는 모습이 역력하다. 고3은 분명 고통스러운 시간이지만 기성세대의 눈으로 보면 인생의 기회이기도 한데 안타깝다.

학생들에게 슬그머니 질문을 던진다. 지금까지 살아오면서 가장 고통스러운 때가 언제였는지. 추측 가능한 답들이 쏟아진다. 실연당했을 때요, 성적 떨어졌을 때요, 지금이요, 등등. 간혹 가슴 찡한 답도 있다. 부모님 돌아가셨을 때.

이번엔 질문을 바꾸어 던져본다. 실연의 순간에도 성

적이 떨어졌을 때도 배는 고프고 잠은 온다. 그것을 고통이라 부르지 말자. 잡념 없이 고통이 내 마음을 100퍼센트 잠식한 순간이 있었는가. 그러면 학생들의 대답은 궁색해진다.

학생 중 한 명이 되받아 질문을 던진다. 선생님은 그런 순간이 있었나요. 있었다. 막 출발한 고속버스 안에서 화장실이 급했을 때다. 그때는 오롯이 화장실 갈 생각밖에 없다. 아무리 생각해도 멋진 대답이다. 학생들은 웃으면서도 수긍하는 눈치다.

학생들과의 그 대화가 있은 지 얼마 뒤였다. 오래간만에 만난 친구와 술자리를 가졌다. 옛일을 안주 삼아 맥주를 마시고 헤어졌는데, 술이 좀 과했는지 집으로 가는 버스에서 소변이 마려웠다. 버스에서 내릴 즈음에는 참기 힘든 지경이 되었다. 아무래도 집까지 가는 건 불가능했다. 노상방뇨를 할 만한 곳을 재빨리 물색했지만, 인적 없는 어두운 곳은 보이지 않았다. 고통이 내 마음을 100퍼센트 차지하는 순간이었다.

인근 빌라로 들어갔다. 옥상에라도 올라가 소변을 볼

참이었다. 엘리베이터도 없었다. 조금씩 새는 오줌을 참으며 겨우 5층까지 올라갔는데 재수 없게도 옥상 문이 잠겨 있었다. 선택의 여지가 없었다. 잠긴 옥상 문에 대고 오줌을 갈겼다. 오래 쌌다. 방광을 비우니 금세 고통이 사그라들었다.(그래, 이 맛에 오줌을 싸는 거지).

기분 좋게 계단을 내려왔다. 1층 계단 옆을 지나는데 뭔가가 머리 위로 쏟아졌다. 내 오줌이었다. 옥상 문 앞에 고였던 오줌이 폭포처럼 떨어지고 있었다. 누가 볼세라 다급히 빌라를 나왔다. 역시 옛말이 맞다. 물은 위에서 아래로 흐르고, 뿌린 대로 거둔다. 젖은 머리와 어깨를 털며 다시금 깨달았다. 인생에서 가장 고통스러운 순간은 내 배설물을 뒤집어썼을 때다.

제발 나를 잊어줘

9월, 신규교사로 고등학교에 발령받자마자 나는 1학년 담임이 되었다. 담당 학급에는 선생님들로부터 악명 높은 K가 있었다. 선생님들은 K에 대한 이야기를 해주며 나를 불쌍하게 보았고, 첫날부터 그의 실체를 단박에 알아차렸다. K와의 첫 만남은 얼굴이 아니라 그의 정수리였다. K는 등교하자마자 엎드려 잤고, 수업 시간에도 점심시간에도 줄곧 잤다. 누가 깨워도 일어나지 않았다. 부러 깨지 않는 것이 아니라 정말 혼수상태가 되어 잤다. 모두가 하교한 텅 빈 교실에서 혼자 자다 집으로 돌아가는 일상이 그렇게 반복되었다.

며칠이 지나고서야 처음 그의 얼굴을 보았다. 90킬로그램은 될 만한 덩치에 짧은 머리, 학생만 아니었으면 깍두기 형님이라 부를 뻔했다. 일상을 들으니 낮에는 자고 밤에는 도박장에 가서 일한다고 했다. 딜러도 하고 잔심부름도 하고, 손님들의 술 상대가 되어 주기도 한다고. 수입이 짭짤하다며, 학교는 그냥 형식상 다닐 테니 간섭하지 말라고 했다.

그런데 매일 그렇게 엎드려 자는 녀석이 이상하게 시험을 칠 때면 자지 않았다. 분명 아는 문제가 없을 터였다. 그는 매 시험시간마다 문제는 풀지 않고 시험지를 노려보기만 했다. 미동도 않고 마치 시험문제를 암기라도 하려는 듯 읽기만 했다. 그리고 종료 10분 전이 되면 천천히 OMR카드에 마킹을 했다. 3번, 3번, 3번…. 모든 과목, 모든 문항을 3번으로 찍었다. 한날은 손을 들어 답지를 바꿔 달라고 했다. 실수로 한 문항에 4번을 찍었다는 것이다. 이상한 놈이었다. 더 이상한 건, 그럼에도 불구하고 전교 꼴찌는 아니라는 거였다.

11월로 접어들 무렵 녀석의 결석이 잦아졌다.

부모님께 전화해 물어보면 집에서 잔다고, 깨워도 일어나지 않는다며 죄송하다고 했다. 결석이 10일을 넘고 있었다. 나는 간단히 짐을 꾸려 무작정 그의 집으로 쳐들어갔다. 그리고 자발적으로 학교를 올 때까지 같이 자고 같이 등교하겠노라 선언했다. 녀석은 당황한 눈치였지만 싫은 내색은 없었다. 그날부터 그와의 동거가 시작되었다.

그에겐 5살 터울의 누나가 있었는데, 나를 맘에 들어하는 눈치였다. 자꾸 먹을 것을 챙겨주고, 같이 화투를 치자느니, 바둑을 가르쳐 달라느니 하며 수작을 부렸다. K보다는 그의 그리 예쁘지 않은 누나 때문에 지내기가 더 힘들었다. 그렇게 그의 집에서 꼬박 3주를 살았다. 나의 정성에 감동했는지 집에 그만 오라는 뜻인지는 몰라도 그 후 그는 다시 정상 등교를 시작했다. 생활이 크게 달라지지 않았지만, 어찌어찌 졸업도 했다.

그에게서 전화가 온 것은 졸업 후 5년쯤 지났을 때였다. 간단히 안부를 묻는 대화가 오간 후 그가 대뜸 삼천만 원을 빌려달라고 했다. 트럭을 사서 장사를 하겠

다고 했다. 젠장, 이것이 스승의 은혜였던가. 화가 나지는 않았고 좀 서글펐던 것 같다. 당장 전화번호를 바꿨다. 지금도 가끔 그에게서 나던 술 냄새와 담배 냄새가 생각난다. 그럴 때면 내가 가장 좋아하는 시인 김춘수의 <꽃>을 바꾸어 읊조려본다.

우리들은 모두
무엇이 되고 싶다.
너는 나에게 나는 너에게
철저하게 잊혀진 남이 되고 싶다.

나는 매일 코피를 쏟는다

반장 녀석이 상기된 얼굴로 교무실에 뛰어들어 왔다. 사고가 났구나 설핏 짐작하며 마음의 준비를 했다. C가 교실 창밖으로 의자를 던졌다고 했다. 우리 반은 4층, 아찔했다. 다행히 창문 아래엔 아무도 없었다고 했다. 급히 교실로 올라갔다. 여전히 씩씩거리는 C를 아이들이 둘러싸고 있었다. 또 누군가가 C를 놀렸을 것이다. 가끔 있는 일이었다. 그럴 때면 C는 화를 못 참았지만 이렇게까지 이성을 잃은 적은 없었다.

체벌이 성행하던 시기였다. 교실 바닥에 굴러다니던 빗자루를 잡았다. C는 작정한 듯 벽을 잡고 엉덩이를 뒤

로 뺐다. 중학교 3학년이었지만 그의 키는 1미터 90이 넘었고, 여전히 성장 중이었다. 허벅지가 거의 내 가슴팍까지 왔다. 다른 아이들을 때릴 때보다 타점이 훨씬 높았다. 빗자루를 힘껏 휘둘러 몇 대 때렸다. 허벅지는 탄탄했고, 빗자루 막대를 통해 강렬한 탄성이 전해졌다. 그는 전혀 아픔을 느끼지 못하는 것같이 무심한 표정으로 벽을 응시하고 있었다. 거기서 멈추었어야 했다. 어떻게든 녀석에게 아픔을 주어야 한다는 생각으로 마지막 일격을 가했다. 순간 빗자루가 부러지며 내 손에서 미끄러져 날아갔다. 부러진 막대를 쥔 손에서 피가 흐르고 있었다. 당황했지만 짐짓 아무렇지 않은 듯 천천히 교실을 물러 나왔다.

다친 아이들을 많이 보는 터라 보건 선생님은 심드렁한 표정이었다. 피를 닦아내자 새끼손가락에 날카롭게 베인 상처가 드러났다. 간단히 소독하고, 연고를 바른 후 반창고를 감았다. 손가락이 움직이지 않는 것 같다고 하자 반창고를 너무 심하게 감았나보다 하며 조금 느슨하게 다시 감아주었다. 그래도 오른손 새끼손가락은 내 통제를 따르지 않았다.

아무래도 그녀의 처치에 믿음이 가지 않았다. 학교에서 제일 가까운 정형외과로 달려갔다. 인대가 끊어져 접합 수술을 해야 한다고 했다. 회복하면 다시 능숙하게 자판을 칠 수 있을까, 콧구멍을 제대로 후빌 수는 있을까, 불안했다.

수술 후에도 한 달 넘게 재활 기간을 거쳐야 했다. 나름 꾸준히 운동을 했지만 손가락이 반듯하게 펴지지 않았다. 아무래도 인대를 너무 끌어당겨 연결하지 않았을까. 그렇다면 이건 의료사고임에 틀림없다. 의사는 수술이 성공적이라 했고, 재활운동이 부족한 때문이라 했다. 빗자루로 의사를 때리고 싶었다.

그나마 자판을 두드리는 데는 이상이 없었지만 정작 불편함은 다른 데 있었다. 무심코 세수를 하다 보면 구부러진 새끼손가락이 콧구멍을 쑤셨다. 그날 이후 나는 자주 코피를 쏟았다. 열심히 시험을 준비하던 때도 흘리지 않던 코피를 매일 흘렸다.

김부장의 향수

어느 직장에나 예외 없이 빌런villan은 존재한다. 퇴치 일 순위이지만 이상하게도 그들은 바퀴벌레처럼 사라지지 않는다. 내겐 모 중학교에서 만난 기술 담당 김 부장교사가 그랬다. 그는 거의 모든 여선생님에게 인기가 있었다. 깍듯한 매너와 법무부 장관만큼 수트가 잘 어울리는 날렵한 몸매가 매력 포인트였다. 게다가 그가 지나갈 때면 고급스러운 향수의 잔향이 남았다. 수업도 나름 잘하는지 학생들도 부침 없이 따랐다.

물론 그 모든 것이 가식이라는 것을 대부분의 남교사들은 알고 있었다. 남자들만 함께한 술자리에서 그의 반듯한 이미지는 180도로 달라졌기 때문이다. 그는 술을 강권하고, 남자들이 듣기에도 민망한 음담패설을 늘어놓기 일쑤였다. 게다가 여교사의 외모에 대한 품평을 듣노라면, 그가 교사인지 의심이 들 정도로 저질이었다.

승부 근성은 또 어찌나 강한지 교직원 친목 배구를 할 때면 더러운 인성이 여과 없이 드러났다. 점수 차가 크게 벌어질 때면 실수한 선생님에게 삿대질하며 고성을 질러 댔다. 그리고 애꿎은 공을 바닥에 패대기치며 성질을 부렸다. 식빵 언니가 있었어도 그에게 잔소리를 들었을 것이 분명하다.

중간고사가 끝나고 회식이 있던 날이었다. 김 부장은 그날따라 기분이 업 되어 과하게 마시는 것 같았다. 그러다 한참 불콰한 얼굴이 되어 밖으로 뛰쳐나갔다. 따라가 보니 아니나 다를까 어두운 가게 뒤편에 쪼그리고 앉아 토악질을 해대고 있었다. 그의 입에서는 곱게 부서진 삼겹살과 곱창이 쉼 없이 흘러내렸다.

문득 불쌍한 생각이 들어 등을 두드려 주는데, 그가 내 쪽으로 고개를 돌렸다. 게슴츠레한 눈으로 올려다보며

그가 말했다.

"너 누구야?"

순간 그의 입에 고여있던 토사물이 내 얼굴과 옷에 튀었다. 역시나 그에게 동정은 금물, 정말 더러웠다.

다음날 그는 약간은 피곤하지만 여전히 준수한 모습이 되어 출근했다. 전날의 일은 기억나지 않는다 했다. 그의 말쑥한 정장에 나도 오바이트를 하고 싶었다. 진상을 얘기하고 세탁비라도 청구해야 했지만 그냥 참았다. 하지만 그의 입에서 분출되던 그 더러운 토사물의 잔상은 쉬 사라지지 않았다.

며칠 뒤, 나는 아내가 술 한잔 걸치고 남긴 홍어 세 점을 챙겨 출근했다. 마침 교무실엔 아무도 없었다. 그의 책상 아래쪽 보이지 않는 곳에 홍어를 테이프로 붙였다. 열려 있던 창문도 닫았다. 이내 쿰쿰한 냄새가 퍼지기 시작했다. 그의 자리 근처 선생님들은 이상한 냄새가 난다고 속닥거렸다. 그리고 냄새의 출처를 찾아 코를 킁킁거렸다. 잘 삭은 홍어가 화석이 될 때까지 그의 자리에서 냄새를 풍기기를 바랐다. 그날부터 그의 향수는 점점 짙어졌다.

파스의 쓸모

화장실에 못 보던 치약이 놓여 있었다. 일본어로 적혀 있어 어떤 제품인지 알 길은 없었다. 그저 아내가 좋은 치약을 사놓았나 싶어 사용했다. 확실히 일본산은 달랐다. 입안이 화끈하게 달아오르는 것이 더러운 변기를 락스로 깨끗이 청소하는 느낌이랄까. 세균과 묵은 치석까지 제거되는 기분이 들었다. 하지만 화끈한 강도가 너무 세서 양치 후에도 싸한 기운은 오래갔다.

때마침 퇴근한 아내에게 치약의 출처를 물었다. 그러면서 아이들은 사용하기 좀 힘들 수 있을 것 같다고 얘기했다. 아내는 의아한 표정을 짓더니 화장실로 가 문제

의 치약을 확인했다. 그리고 돌아와 전매특허인 강렬한 등짝 스매싱을 날렸다.

"이거 치약 아니에요!"

"엥, 그럼 뭐죠?"

"바르는 소염진통제잖아요. 애들이 사용하고 거기 뒀나 보네요."

그랬다. 구글 번역으로 읽어 보니 짜서 바르는 겔 타입 파스였다. 여러 번 이를 닦고 헹궈도 파스의 역겨운 맛은 가시지 않았다. 우유와 커피를 마시고 간신히 입안을 진정시켰다.

아, 나쁜 일본 놈들! 왜 파스를 치약처럼 만드는 건지, 당장이라도 일본 황궁을 찾아가 도시락 폭탄을 던지고픈 마음을 간신히 억눌렀다.

여전히 얼얼한 입안을 거울로 비춰보다 문득 그런 생각이 들었다. 그래, 나만 당할 순 없다. 영화 리뷰를 볼 때면 아주 망작임에도 불구하고 높은 평점을 주고

호평을 써 놓은 글을 발견할 때가 있다. 이건 분명 남들도 당해보라는 심보에서 쓴 글이 분명하다.

이튿날 나는 출근할 때 파스를 챙겨갔다. 그리고 교장 선생님이 전용으로 사용하는 1층 화장실로 들어가 세면대에 놓인 치약과 파스를 바꾸어 놓았다.

교장 선생님이 사용했는지는 확인할 길 없지만, 수업을 하는 내내 '으악' 하는 비명소리가 환청처럼 들려왔다. 모처럼 활기찬 수업을 했다.

동은아, 오늘도 한 건 했어. 나 지금 너무 설레.

소심한 복수

오래전 모 중학교에 근무할 때 만난 교장은 이상하리만치 악수를 좋아했다. 분명 아침에 인사하며 악수를 했는데 오가며 만날 때마다 또 악수를 청했다. 회의를 시작할 때도 악수, 끝나고 나갈 때도 악수를 했다. 그는 촉수로 소통하는 아바타 나비족의 후예임이 분명했다. 악수를 통해 우리의 생각을 읽어 들이려 했을까. 아무튼 악수가 나쁘다는 건 아니다. 그와의 악수가 불편한 데는 두 가지 이유가 더 있었다.

첫째, 그는 손을 잘 안 씻었다. 남교사용 화장실은 1층과 2층에 있었는데, 2층 교무실 앞 화장실에는 따뜻한 물이 나오지 않고 비누도 갖추어져 있지 않았다. 그래서 가끔은 1층 화장실을 이용했는데, 비공식적으로 거긴 교장 전용이었다.

한 번은 1층 화장실에서 큰 볼일을 보고 나오는 교장과 맞닥뜨렸다. 여지없이 그는 악수를 청했고, 손도 씻지 않고 화장실을 나갔다. 그 후로도 여러 번 그런 일을 목격했다. 더러웠다.

둘째, 그는 악수를 할 때면 꼭 가운뎃손가락으로 손바닥을 긁었다. 요즘이면 성희롱으로 신고라도 할 참이지만 그땐 그러려니 했다. 남녀를 불문하고 그러는 걸 보면 습관인 것 같았다. 나쁜 의도는 아니었겠지만 썩 기분이 좋지는 않았다.

어느 날은 일찍 출근을 했는데, 살짝 배에 신호가 왔다. 화장실에서 힘을 주고 나서야 화장지가 얼마 남지 않은 것을 알았다. 젠장 이미 늦었다. 별수 없이 서너 칸 남은 화장지를 잘 포갰다. 한 방에 깨끗이 오물을 닦아야 했다. 그런데 의욕이 앞섰을까, 손가락 두 개가 얇은 화장지를 뚫고 나가 오물에 닿았다. 아침부터 재수가 없었다.

조심조심 바지를 추스르고 비누가 있는 1층 화장실로 내려갔다. 화장실로 들어서려는데 막 출근하던 교장과 맞닥뜨렸다. 역시나 교장은 악수를 청해왔다. 나도 그 어느 때보다 적극적으로 악수에 응했다. 기분이 좋아졌다.

동은아, 복수는 이렇게 하는 거야.

설사와 양말

수업이 없는 시간이라 잠시 이것저것 끄적이고 있는데 화장실에 갈 타이밍이라는 신호가 왔다. 이것은 분명 설사라는 촉이 왔다. 학생들이 남기고 간 흰 우유를 세 통 마신 탓이었다. 남교사 화장실로 부리나케 달려가 늘 들어가는 안쪽 칸에 쪼그리고 앉았다. 힘을 줄 필요도 없이 액체가 활화산처럼 분출하기 시작했다.

설사는 좀체 멈추지 않았다. 한참을 쏟아붓고 나니 시원하긴 한데 하체에 힘이 빠졌다. 마무리를 하려는 차에 보니 화장지가 한 번 닦을 분량밖에 없었다. 설사는 최소 세 번 이상 닦아줘야 하는데 난감했다. 이대로 앉아

말려야 하나 잠시 고심하다 옆 칸으로 넘어가려는 그때 덜그럭 수레 끄는 소리와 함께 청소원이 들어왔다. 우리가 '여사님'이라고 부르는 50대 후반의 환경미화원이었다. 그녀는 화장실에 들어오자마자 바닥에 세제물을 와르르 쏟아부었다. 칸막이 아래로 거품 가득한 물이 홍수처럼 밀려왔고, 그 바람에 양말이 살짝 젖었다.

여사님은 평소에도 사람이 있는지 확인하지도 않고 문을 벌컥 열고 들어와 청소를 하곤 했었다. 그녀가 들어오면 시원하게 나오던 오줌도 찔끔거렸다. 끊지도 못하고 계속 싸지도 못하고, 뒤에서는 청소를 시작하는데 물건만 잡고 속 끓이는 일이 한두 번이 아니었다.

첫 칸부터 솔질하는 소리가 들려왔다. 여전히 마르지 않은 엉덩이는 애처로이 울고 있고, 다리에는 쥐가 나기 시작했다. 결단을 내려야 했다. 별수 없이 한쪽 양말을 벗어 닦았다. 몇 번 신지도 않은 흰 양말은 누런 액체를 잘 흡수해 주었다. 역시 양말은 좋은 걸 신어야 한다.

솔질하는 소리와 휴지통을 쓰레기봉투에 비우는 소리

가 점점 가까워지고 있었다.

"아, 더럽네, 정말. 선생들이 말이야."

혼자 혀를 차는 소리도 들렸다. 그 말을 들으니 차마 양말을 휴지통에 버릴 수는 없었다. 오물이 묻은 양말을 손가락 끝으로 살짝 쥐고 화급히 화장실을 벗어났다. 더러웠다.

교무실은 여전히 한산했고, 교감 선생님도 보이지 않았다. 마주치면 늘 잔소리를 쏟아내던 교감, 그의 휴지통에 양말을 던져 넣었다.

1980S
1990S
우천시
톰과 제리
조교

2010S

4부
생활 바보는 피곤해

결혼하기 참 어렵더라1

-맥주와 장인-

최근 아시아투데이는 기후변화로 인해 사라질 수도 있는 음식 6선을 선보이면서, 그 가운데 맥주를 꼽았다. 매년 기온 상승으로 발생하는 기상재해가 맥주의 필수 원료인 보리, 물과 홉의 생산에 영향을 미치기 때문이라고 한다. 특히 2030년에는 세계의 약 30억 인구가 물 부족 현상을 겪을 것으로 예측된다고 하니 가히 맥주가 설 자리는 없어질 것 같다. 과연 그런 날이 오기는 할까.

1980년대 초반 초등학생일 무렵, 미래를 풍자적으로 묘사한 추석 특집 TV 단막극을 본 적이 있다. 미래 한국인들은 목이 마르면 생수를 사 마셨고, 재혼 심지어 삼혼이 일반화 되어 있었다. 명절에 해외여행을 가서는 제사 대행업체에서 제공하는 영상을 보며 원격으로 제사를 지내는 모습도 묘사되었다.

그때는 말도 안 된다고 생각했던 일들이 지금은 현실이 되고 보니 맥주의 실종에 관한 예측도 전혀 터무니없는 망상은 아닐지도 모른다. 맥주의 소실은 세계의 많은 주당들에게 두려움을 안길 소식이지만, 맥주를 좋아하지 않는 나는 별로 관심이 없다.

본디 맥주를 싫어한 것은 아니었다. 소주를 그다지 좋아하지 않는 내가 술자리에서 마실 수 있는 것은 맥주밖에 없으니 달리 선택의 여지가 없었다. 하지만 맥주는 빨리 배가 부르고 자주 화장실을 들락날락해야 하는 번거로움이 수반되는 데다, 부담 없이 마시다 보면 그 숙취는 정말 장난이 아니었다. 하지만 그 때문에 맥주를 싫어하는 것은 아니다. 그 원인은 오롯이 나에게 있다.

교직 2년 차이던 해, 겨울방학을 맞아 교직원 모두가 전라도 일원으로 워크숍을 갔다. 그때는 관광버스 안에서의 음주와 가무가 당연시되던 때였다. 버스가 출발하자마자 술잔이 돌았고, 도착했을 때 남교사들 대부분은 벌써 취기가 상당히 오른 상태였다.

산행과 산사 방문, 그리고 회식을 하고 돌아오는 버스에서 또다시 술잔이 돌았다. 거의 막내에 가까웠던 나로서는 음주를 거부할 명분이 없었고, 주는 대로 마시다 보니 취기는 둘째치고 소변이 마려웠다. 맨 뒷좌석에 앉아 휴게소에 도착하기만을 기다렸지만 차는 더디기만 했고, 소변은 참을 수 없는 지경에 이르렀다. 버스를 세워달라고 하기엔 너무 숫기가 없었다.

달리 방법이 없었다. 버스 후미에는 물건을 올려놓는 선반 같은 곳이 있었는데, 나는 1.5리터 페트병을 들고 거기 누웠다. 2살 아래의 후배 교사에게 패딩으로 앞을 가려달라고 하고 옆으로 누운 채 방광을 비우기 시작했다. 버스가 흔들릴 때면 상당량의 소변을 선반 바닥에 흘렸지만 그런 것을 고려할 여유가 없었다. 페트병을 가득 채우고도 방광엔 소변이 남았지만 어쨌든 급한 불은 끌 수 있었다.

그런데 막 바지를 추스르고 몸을 일으켰을 그때 체육

주임을 맡고 있던 50대 초반의 선배 교사가 다가와 나를 밀치고 선반에 몸을 뉘었다. 가슴에 따뜻한 페트병을 품은 채, 내가 흘린 소변이 백화점에서 샀음직한 그의 겨울 외투에 스며들어 사라지는 것을 멀뚱히 지켜만 보았다.

차를 타기 전에는 방광을 확실히 비워야 한다는 그때의 교훈을 잊지 말았어야 했다. 당시 나를 비롯한 몇몇 신규교사들은 이해찬 1세대를 담당하면서 칼퇴근의 묘미를 만끽했다. 남녀 할 것 없이 다들 볼링장으로, 노래방으로 몰려가곤 했고, 그 뒤엔 자연스럽게 술을 마셨다. 어려운 학생 지도, 불합리한 교육행정, 리더십 없는 관리자 등등에 관한 얘기들을 안주 삼아 주고받으며 나름 교육을 고민하던 시기이기도 했다.

그 와중에 한 여교사와 부쩍 가까워졌다. 그녀와 난 많은 점에서 생각도 비슷하고, 집도 그리 멀지 않았고, 심지어 생일까지 같았다. 무엇보다도 그녀는 사려가 깊고 현명했다. 대놓고 결혼을 전제로 만난 것은 아니지만 그렇다고 허투루 만날 만큼 가볍지도 않았다. 둘 다 차가 없어 시외버스, 지하철, 시내버스를 타고 집까지 바래다

주는 그 시간이 우리의 소박한 데이트였다.

어느 한 날, 회식이 늦어져 열두 시가 가까운 시각이 되었다. 제법 맥주를 마셔 알싸한 상태에서 우리는 택시를 잡아타고 집으로 향했다. 그녀가 아버지에게 마중 나와 달라고 전화를 하는 차안에서 나는 배뇨를 참느라 엄청난 고통에 시달리고 있었다. 방광은 터질 듯 부풀었고, 총알택시임에도 불구하고 어찌나 늦게 달리는 것처럼 느껴지는지, 아무튼 그녀 몰래 '남자의 물건'을 잡고 어서 도착하기만을 기다렸다.

그녀의 집 근처에 도착했을 때 그녀의 아버지로 보이는 중년의 남자가 서성이는 것이 보였다. 차분한 모습으로 인사를 할 여유가 없었다. 차에서 내리자마자 나는 인근의 불 꺼진 가게 모퉁이로 달려가 수분을 배출했다. 일을 보면서 뒤돌아보니 그녀가 아버지와 함께 어둠 속의 나를 지긋이 응시하고 있었다. 민망하고도 당혹스러운 상황을 수습하려 해도 맥주로 인한 소변은 좀처럼 그칠 줄 몰랐고, 잔뇨를 남기고 끊는다는 것은 불가능했다.

볼일을 마치고 어둠에서 나왔을 때 두 사람은 사라지고 없었다. 훗날 장인이 될 분과의 첫 조우였다.

결혼하기 참 어렵더라 2

-버스와 눈썹-

교직에 처음 입문하던 무렵엔 차가 없었다. 부산에서 버스를 타고 시외버스 정류장까지 갔다가, 시외버스를 타고 양산에 내려 또 1킬로미터가량을 걸어가야 하는 곳에 발령받은 고등학교가 있었다.

출근길 혼잡한 교통길에 갇히는 게 싫었던 나는 늘 아침 일찍 집을 나섰다. 당시 우리 집은 소위 달동네에 있었는데, 산 정상이 산 아래쪽보다 더 가까웠다. 버스를 타기 위해서는 집에서도 한참을 걸어 내려가야 했다. 새벽 다섯 시 사십오 분쯤 집을 나서 부지런히 걸으면, 여섯 시를 조금 넘겨 우리 동네를 지나가는 51번 버스를

탈 수 있었다.

지금도 그렇지만 그때도 나는 아침형 인간은 아니었다. 한때 아침형 인간이 건강하고 더 성공한다는 따위의 유언비어가 난무했던 적이 있다. 역사적으로 보더라도 칸트, 에디슨, 나폴레옹, 헤밍웨이 등 많은 위인들이 아침형 인간이었다고들 한다.

하지만 이는 사실이 아니다. 아침형 인간과 저녁형 인간, 또는 종달새형 인간과 올빼미형 인간은 신체 각성도가 높은 시간이 언제인가에 따른 단순 구분일 뿐 실제로 아침형 인간이 잠을 적게 자는 것도 아니며, 아침을 사랑하기 때문에 성공하는 것도 아니라 한다. 오바마나 처칠, 다윈, 모차르트, 데카르트 등은 저녁형 인간이면서도 위인의 반열에 올랐다.

아무튼 매일 그 시각에 버스를 탄다는 것은 정말이지 쉽지 않았다. 토요일도 출근하던 때니 더더욱 그랬다. 나보다도 아들의 아침밥을 챙겨 먹이느라 꼬박 새벽에 일어나셨을 어머니의 노고는 지금 생각해도 존경스럽고 감사하다.

이른 아침 버스에는 사람이 거의 없었다. 나를 포함해 거의 서너 명의 승객만이 있었는데, 유독 맨 뒷좌석 창가에 고정적으로 앉는 이가 있었다. 대학생으로 보이는 까무잡잡한 얼굴의 그 여자는 하루도 빠짐없이 같은 자리에 앉아 심하게 졸았다.

간혹 버스가 요동칠 때마다 뒤에서 쿵 하는 소리가 들려 뒤돌아보면 그녀가 졸다가 차창에 머리를 박는 소리였다. 순간적으로 잠이 깬 그녀는 실눈을 뜨고 흘리던 침을 닦으며 다시 잠에 빠져들곤 했다. 부산대학교를 조금 지난 지점이 버스의 종착역인 걸 감안할 때 옷소매로 침을 닦는 저 지저분한 여자는 분명 부산대학교 학생일 터였다.

연신 창문에 머리를 박으면서 조는 걸 보면서 차라리 집에서 더 잠을 자는 게 낫지 않을까, 저 상태로는 도서관을 가더라도 엎어져 잠만 잘 텐데 하고 혼자 생각했다. 미친 게 아닐까 싶기도 했다. 그 뒤로도 2년여 동안 매일 아침마다 그녀는 줄곧 그 더러운 모습 그대로 차창에 머리를 박았다. 그리고 여전히 침을 흘렸다.

일곱 시를 조금 넘겨 교무실에 들어서면 늘 아

무도 없었다. 달달한 믹스커피를 한 잔 타서 마시고 세면을 끝내고도 조금 시간을 죽여야 선생님들이 하나둘 나타났다.

그러던 어느 날 아침, 학교 세면장에서 면도를 하며 거울을 바라보는데, 문득 공허감이랄까 허무 비슷한 감정이 치솟아 올랐다. 그래서 충동적으로 왼쪽 눈썹을 밀었다. 바로 후회가 밀려왔고 나는 현실로 돌아왔다. 얼른 교무실 한편에 있는 구급함에서 반창고를 꺼내 붙였다. 누가 물어보면 생채기가 크게 났다고 말할 참이었다.

그날 나는 두 가지 사실을 몰랐다. 첫째, 하필이면 그날이 졸업앨범 촬영이 있는 날이었다. 교직원들도 독사진을 찍으라고 했다. 벌써 예고된 것이었는데 왜 그걸 간과했을까. 할 수 없이 그냥 찍었다. 내가 몰랐던 두 번째 사실은 꼭 그날 사진을 찍을 필요는 없었다는 것이다. 다음에 찍어도 되었고, 심지어 가지고 있는 증명사진으로 대신해도 무방했다. 신입이라 그걸 몰랐다.

나중에 졸업앨범에 나온 내 모습은 참으로 민망했다. 그래서 두 번 다시는 눈썹을 건드리지 않겠노라 맹세했고, 지금껏 그 맹세를 잘 지키고 있다. 살아가며 어떤 감정에 휘말려도 눈썹은 깎지 말자. 눈썹은 죄가 없다.

쿵
쿵
반했지!
섹시 하지!
치명적이지!
유리에 치명적…

결혼하기 참 어렵더라 3

- 오줌, 버스에서 만난 여자 그리고 눈썹 -

지금의 아내와 2년여를 사귀다 결혼 얘기가 오갈 때였다. 아내가 그녀의 부모님에게 사귀는 사람이 있다고 말을 꺼냈다. 가난하지만 착하고 성실한 사람이라고. 객관적으로 틀린 말은 아니었다. 요새 유행하는 말로 이걸 팩트라 한다. 그녀의 아버지는 반색하며 물었다.

"누군데?"

"아빠도 아는 사람인데, 저번에 만난……."

"혹시 그때 길에서 오줌 싸던 그놈이냐?"

"예, 맞아요. 그 사람."

"그놈은 안돼!"

아내의 전언에 따르면 장인어른의 반대는 단호했다고 한다. 하긴 인사는커녕 초면에 노상방뇨하는 모습을 보였으니 반대할 만도 했다.

"그땐 맥주를 마셔서 어쩔 수 없었구요."

"그래도 아무 데서나 오줌 싸는 놈은 안돼!"

아내의 끈질긴 설득에 장인어른도 마음이 조금 누그러졌다.

"그래, 그럼 사진이라도 보자. 그땐 밤이라 얼굴도 제대로 못 봤는데."

당시는 휴대폰은커녕 디지털카메라조차도 없던 시절이라 마땅히 보여줄 사진이 없었다. 그래서 아내는 근무하던 학교의 졸업앨범을 꺼냈다. 그녀가 가리킨 사진 속의 나는 깎은 눈썹을 반창고로 가린 상태였다.

"교사란 놈이 눈에 반창고나 붙이고, 이놈 뭐 하는 놈이냐?"

"얼굴 다쳤을 때 사진 찍어서 그래요. 이상한 사람 아니고."

그녀의 설명에도 장인어른은 반쯤 열렸던 마음을 다시 굳게 닫았다. 그때 사진을 같이 보던 그녀의 여동생이 말했다.

"아빠, 저 이 사람 알아요."
"니가 어떻게?"
"매일 버스에서 봐요. 아침마다 같은 버스 타요."

버스 창문에 머리를 박아대며 졸던 대학생이 그녀의 여동생이었다는 걸 나중에 알았다. 여동생의 말에 장인어른은 결혼을 허락했다고 한다. 첫차 타는 사람은 성실하니 믿을 수 있다나.

아무튼 그렇게 어렵사리 결혼 허락을 받았다. 그리고 버스에서 미친 듯이 졸며 침을 더럽게 흘리던 그녀의 여동생은 나중에 변호사가 되었다. 종종 아내가 성이 나서 내가 궁지에 몰릴 때면 아들은 슬그머니 다가와 약을 올린다.

"아버지, 그때 첫차 안 탔어야 하는 거 아니에요? 부지런하다고 다 좋은 건 아닌 것 같네요."

이것도 팩트다.

노안老顔의 쓸모

넷플릭스 영화 <수리남>에서 하정우의 친구 박응수 역으로 열연한 배우 현봉식은 대표적인 노안老顔 배우다. 그는 1984년생으로 수리남을 찍을 당시 30대였다. 나이 서른에 데뷔해 30대보다는 주로 40~50대의 역을 맡았다. 그가 배우를 하겠다고 했을 때 사람들로부터 가장 많이 들은 말이 "그 얼굴에?"였다고 한다.

하지만 그는 영리했다. 그의 영화 출연작들은 자신의 약점을 강점으로 바꾸는 여정이었다. 고등학교 때부터 그 얼굴이었다고 하는데, 그는 노안이 자신의 경쟁력이라 거침없이 말한다.

노안이 부정적이지만은 않다는 데 나도 한 표 던지고 싶다. 내가 노안이라는 뜻은 아니다. 22년 전 결혼할 때의 일이다. 유독 친척들에게 인정받았던 부모님 덕에 하객은 많았다. 근무하던 학교에서도 많은 선생님들과 학생들이 찾아와 축하해 주었다. 늘 감사하게 생각한다.

문제는 예식이 끝나고 사진을 찍을 때였다. 사진기사가 친구들을 나오라고 했다. 아찔했다. 서울에서 온 선배 두 명과 친구 한 명, 후배 한 명, 그렇게 네 명이 내 지인의 전부였다. 신부의 친구는 대충 헤아려도 스무 명은 족히 넘었다. 모두 도열해 서는데, 아무래도 신부 측으로 무게추가 기울었다. 친구를 많이 사귀지 못한 걸 그때만큼 후회한 적은 없었다.

달리 방법이 없었다. 늙수그레한 제자들을 긴급 투입하여 간신히 위기를 모면했다. 나이를 초월한 그들의 외모가 무척 감사했다. 이날을 위해 너희들은 일찍 삭아버렸구나. 다시는 노안을 놀리지 않기로 결심했다.

나처럼 친구가 없거나 노안의 제자라도 없다면 스몰 웨딩이 정답이다. 혹 배우 원빈이 밀밭에서 결혼한 것도 그런 의도였을까. 설마 아니겠지.

그녀가 내 똥꼬를 쑤셨다

건강검진을 하려고 병원을 물색하는데, 의논도 없이 아내가 덜컥 병원에 예약을 했다. 처수, 그러니까 처남의 아내가 의사로 있는 병원이었다. "우리 병원 잘해요. 일 있을 때 꼭 오세요."라고 했던 처수의 말을 아내가 기억하고 있었던 모양이다. 그냥 예의상 한 말이었을 텐데.

기본적인 검사만 하려고 했는데, 이미 위내시경은 물론 대장내시경까지 예약을 마친 상태였다. 오래전 처수가 했던 말이 생각났다. 공부 잘해서 의대에 갔는데 남의 후장만 파고 있다고. 의사도 많은 병원인데 설마 처수가 내 담당이 되지는 않겠지 생각했지만 불안의 여운이 좀체 가시지 않았다. 난감했다.

지금껏 대여섯 번의 내시경 검사를 받았지만 한 번도 수면으로 한 적은 없었다. 가벼운 구역질만 몇 번 하면 위내시경은 무난했다. 바람을 불어넣어 빵빵해진 배가 조금 불편한 걸 제외하면 대장내시경도 그럭저럭 견딜만했다. 그날도 비수면으로 내시경 검사를 받기로 했다.

엉덩이가 뚫린 환자복은 입을 때마다 어색하다. 바람이 휑하고 사타구니를 돌아나가면 왠지 마음까지 허전해지는 기분이다. 위내시경을 무난히 마치고 침대에 모로 누워 있는데 처수가 들어오는 모습이 보였다. 불안이 현실이 되는 순간이었다. 나는 그녀가 담당인 걸 보고 놀랐고, 처수는 비수면으로 멀뚱멀뚱 눈 뜨고 있는 나를 보고 놀라는 눈치였다.

어색한 침묵이 흘렀다. 간호사의 안내에 따라 다리를 한껏 접어 올리고 애꿎은 모니터만 보고 있었다. 내 하얀 엉덩이는 이미 처수와 인사를 나눈 상태였다. 그녀가 익숙한 손놀림으로 내 똥꼬에 호수를 박아 넣었다. 엉덩이에선 똥물이 줄줄 흐르고, 이마에선 식은땀이 줄줄 흘렀다. 표본실의 청개구리가 이런 기분이었구나 실감했다. 한참 검사를 하고 있는데 처수의 동료 여의사 두 명이 침대로 다가왔다. 지인이 온다는 말을 듣고 인사차 왔다고 했다. 해도 해도 너무했다. 인사를 할 타이밍이 있지. (냉큼 물러가거라, 이년들아!) 그중 한 명은 내 배를 누르며 말했다.

"아프지 않으세요? 말로만 듣던 복근이 여기 있네."

여의사 세 명과 여간호사 한 명에게 속수무책으로 똥꼬를 유린당한 채 시간은 더디게 흘렀다. 대장암으로 투병하는 것과 쪽팔려 죽는 것의 무게를 가늠해 보았다.

선글라스를 썼을 뿐인데

비가 추적추적 내리던 여름 어느 날, 아내와 함께 백화점에 갔다. 긴 우산을 들고 어슬렁거리며 아내를 따라가는데 선글라스를 파는 곳이 보였다. 안 그래도 운전할 때 찡그리다 보니 눈가 주름이 진하게 자리 잡아가고 있던 참이었다.

이것저것 골라 써보다 미러형 선글라스를 샀다. 거울에 비친 내 모습은 내가 봐도 멋있었다. 연예인이 따로 없달까. 반면 아내는 파리 같다며 놀렸다. 그러거나말거나 나는 그 안경을 쓰고 백화점을 돌았다. 흐린 날 실내에서 선글라스를 쓰고 다니니 사람들이 미친놈 보듯 흘

미안~ 파린 줄 알고..

깃거렸다.

엘리베이터를 탔을 때였다. 버튼을 누르려 손을 뻗는데 옆에서 지켜보던 한 여성이 말했다.

"제가 눌러드릴게요. 몇 층 가세요?"

맹인이 아니라고 말하면 그녀가 머쓱해 할 것 같았다.

"아, 네. 7층 부탁합니다. 감사합니다."

그녀가 버튼 누르는 것을 두 눈 시퍼렇게 뜨고 보았다. 순간 엘리베이터 안 사람들의 시선엔 동정심이 묻어났다. 연예인이 맹인이 되는 순간이었다. 아내도 쪽팔린다는 듯 한 발짝 비켜섰다.

4층에 도착하자 사람들이 홍해처럼 길을 텄다. 별수 없이 우산을 두드리며 내렸다. 엘리베이터 문이 닫히자 아내가 외쳤다.

"당장 벗어!"

그리고 식빵 언니보다 강한 등짝 스매싱이 날아왔다.

무심코 아내를 버렸다

가족여행을 갔다가 집으로 가는 길이었다. 고속도로를 신나게 달리다 소변이 마려워 휴게소에 들렀다. 아내는 어린 아들과 같이 뒷좌석에 잠들어 있었다. 소리 나지 않게 문을 여닫고 화장실에 다녀왔다. 채 5분이 걸리지 않았다. 다시 차를 몰고 달리고 있는데 문득 전화가 울렸다.

"여보세요?"

"저예요."

어떤 여자의 귀 익은 목소리였다. 당시는 발신번호 표시

서비스가 유료였고 난 가입을 하지 않은 상태라 발신자를 종잡을 수 없었다. 게다가 주말에 내게 전화를 걸 여자는 맹세코 없었다.

"누구세요?"

"나예욧!"

앗, 이것은 아내의 목소리였다. 운전을 하며 뒷좌석을 훑었다. 잠들어 있어야 할 아내는 보이지 않고 막 잠에서 깬 아들만 있었다. 내가 화장실을 간 사이 아내 역시 화장실을 갔던 거였다. 아내가 화장실을 갔으리라고는 꿈에도 생각지 못했다. 분명 아내의 목소리에는 짜증이 묻어 있었다.

갓길에 차를 세우고 기다렸다. 이윽고 차 한 대가 도착했고 거기서 아내가 내렸다. 아내의 눈에 분노의 불길이 이글거리고 있었다. 집으로 오는 내내 극강의 잔소리가 장맛비처럼 쏟아졌다. 난 우산도 없이 잔소리에 흠뻑 젖었다.

남편이 버리고 갔다는 얘기를 하고 히치하이킹을 하는 게 무척 수치스러웠다고 했다. 게다가 다섯 명이 탄 차여서 아내는 낯선 사내의 무릎에 앉아 왔다고 했다. 탑승자를 확인도 하지 않고 출발한 데다 아내의 목소리까지 단박에 알아듣지 못한 것에 대한 질타가 이어졌다. 그리고 엄마가 오지도 않았는데 멀뚱멀뚱 앉아 있었던 5살 아들에게까지 화살이 날아갔다.

집으로 오는 내내 지옥을 경험했다. 휴게소에서 오줌 한 번 쌌을 뿐인데 이렇게 칼침을 맞다니 억울했다. 하지만 참아야 했다. 아내의 화는 근 일주일을 넘기고도 사그라들지 않았다. 그래서 아내를 구슬려 처가에 갔다. 항상 내 편을 들어주는 처가 부모님의 도움을 빌려야 했다.

부모님 앞에서 아내가 씩씩거리며 있었던 일을 털어놓는데, 분위기가 이상했다. 내 편을 들어야 할 장모님이 아내 편을 들었고, 아무 말 없이 TV만 보고 있어야 할 장인어른이 내 편을 들었다. 부모님 사이에 흐르는 냉기가 감지되었고, 뭔가 불길했다.

장모님의 전언에 따르면, 일주일 전 두 분이 차를 타고 목욕탕에 갔다고 한다. 목욕을 마치고 나와 차에 올랐는데 차 앞에 주차금지 고깔이 있었다. 장모님이 내려 고깔을 치웠는데 장인어른이 무심코 차를 몰고 집으로 가 버린 것이었다.

뒤늦게 집까지 걸어온 장모님이 더 황당했던 것은, 그때까지도 장인어른은 장모님을 태우지 않고 온 것을 인식하지 못했다는 것이었다. 그때의 앙금이 살짝 가라앉는 차에 우리가 와서 다시 불을 지핀 것이었다. 장모님과 장인어른의 2라운드가 시작되기 전 재빨리 집으로 돌아왔다.

부앙
최소 5년은
계획한 느낌적 느낌!

악, 내가 인종차별을!

모 중학교에서 같이 근무했던 남자 원어민 영어 보조교사가 일을 그만두기로 했다. 그는 미국인이었고 전형적인 흑인이었다. 2년간 같이 일했기에 아쉬움이 컸다. 그가 좋아하는 삼겹살로 조촐한 쫑파티를 할 요량으로 학교 인근 식당으로 갔다.

중년의 여주인이 운영하는 식당은 한산했다. 가게로 들어서는 우리를 훑어 내리는 주인의 시선이 느껴졌다. 벽에 걸린 메뉴를 보고 있는데 주인이 테이블로 다가왔다. 그녀는 아무 말 없이 허공에 두 손으로 네모 모양을 그렸다. 우리가 의아한 표정을 짓자 그녀는 다시 한번 크게 네모를 그렸다. 눈치 빠른 원어민이 대뜸 말했다.

"Oh, I see. Don't worry. I have money."

나는 그제야 그 뜻을 이해했다. 그녀가 허공에 그린 네모는 지폐, 곧 돈이 있냐는 뜻이었다.

당시 외국인 노동자들이 식당에서 먹튀를 한다는 뉴스가 간혹 있었다. 주인은 흑인인 원어민을 보고 주머니 사정이 넉넉한지를 알고 싶었던 모양이었다. 이건 말로만 듣던 인종차별이었다. 그 원어민이 백인이었다면 그런 일이 있었을까. 같은 한국인으로서 부끄러웠다. 주인을 대신해 내가 사과를 했다. 원어민은 종종 겪는 일이라며 괜찮다고 손사래를 쳤다.

근데 정신을 차리고 보니 화가 났다. 원어민 이 친구는 흑인이니까 그렇다 치고, 그럼 난 뭐지? 그녀는 나도 돈 없는 외국인 노동자로 생각한 것이었을까? 물어볼 수도 없고 그 분노의 불길로 삼겹살을 구웠다. 맛은 있었다.

다 돈 벌자고 하는 일인데 그럴 수도 있지 자위하며 주인을 용서하기로 했다. 그래도 내가 순수 국내산임은 알려야겠다 싶었다. 그러면 주인도 사람인데 미안해하지 않을까. 계산대에서 카드를 건네며 나는 힘주어 또렷이 말했다.

"자~알 먹고 갑니다~아."

가게를 나서는데 등 뒤로 주인의 말이 들렸다.

"우리말 잘하네."

두 번 다시 그 가게엔 가지 않았다.

말귀를 못 알아듣는 이유

인정하고 싶지 않지만 나는 말귀를 잘 알아듣지 못하는 축에 속한다. 귀는 잘 들린다. 심리학자 김정운에 따르면 남자들이 말귀를 못 알아듣는 이유는 정서적 공감이 부족하기 때문이라고 한다.(사실 이 말도 잘 못 알아먹겠다. 역시 학자들은 어렵게 말하는 능력이 있다).

남자들은 자신의 내면에서 일어나는 정서적 경험에 무지하다. 자신이 무엇을 느끼는지 알아야 타인과의 정서 공유가 가능한데, 그걸 마땅한 언어로 정의하지도 표현하지도 못한다. 내면의 느낌에 대한 형용사가 다양해져야 말귀를 잘 알아듣는다. 자신의 느낌에 대한 인지 불

능은 판단력 상실로 이어진다.(알 듯 말 듯 역시 어렵다). 아무튼 남자들은 말귀를 못 알아먹도록 타고났다는 얘기다. 나만 그런 건 아니라니 일단 다행이다.

남자들이 말귀를 못 알아먹는 이유로 나는 한 가지를 더 추가하고 싶다. 지식의 결여 때문이다. 몰라서 그렇다는 것이 내 이론이다. 이건 정서적 공감보다는 덜 치명적이다. 다양한 경험과 배움으로 극복이 가능하기 때문이다.

아주 어렸을 적에 나는 아버지가 시청하는 뉴스에서 북한 '핵사찰'이라는 단어를 자주 들었다. 막 핵을 개발하기 시작한 북한과 이를 저지하기 위한 국제원자력기구IAEA 간 씨름이 한창이던 때였다. 나는 북한에 좋은 절이 있는 줄 알았다. 얼마나 좋은 사찰이면 매일 뉴스에 나올까 생각했다. 어렸지만 어쨌든 무식의 소치다.

어른이 되었을 때도 마찬가지다. 한날은 활어시장에 전어를 사러 갔다. 직접 전어를 사 보는 것은 처음이었다. 주인과 나의 대화는 이렇게 전개되었다.

"아저씨, 전어 주세요."

"세꼬시로 드릴까요?"

"아뇨, 전어로 주세요."

"그러니까요, 세꼬시로 하실래요?"

"……."

전어 사기가 이렇게 어려운 줄 몰랐다.(아무것도 묻지 말고 그냥 전어 주면 안 되겠니?) 난 뼈째 썰어 먹는다는 일명 세꼬시를 들어본 적이 없었다. 무식하면 말귀를 못 알아먹는다.

빅스비Bixby에게 배운 처세

갤럭시폰을 가진 아내는 자주 빅스비와 즐거운 대화를 나눈다. 빅스비가 말하는 걸 들을 양이면 이놈이 제법 상냥하다. 아내는 곧잘 빅스비와 나를 비교하곤 하는데, 그럴 때면 나는 AI만도 못한 사람이 된다. 그는 내가 가지지 못한 따뜻한 배려와 유려한 말재주를 가지고 있다.

그에 비하면 내 아이폰의 시리Siri는 무뚝뚝하기 그지없다. 둘에게 같은 질문을 해 보면 나는 확실히 빅스비보다는 시리 쪽에 가깝다는 걸 인정하지 않을 수 없다.

아내가 빅스비에게 묻는다.

"내일 무슨 옷을 입을까?"

빅스비는 이렇게 대답한다.

"내일은 오늘보다 2도 낮고 바람이 많이 불 것으로 예상됩니다. 감기에 걸리지 않도록 목을 여밀 수 있는 옷을 입는 게 좋겠어요. 물론 어떤 옷을 입어도 당신은 멋질 거예요."

나도 아내를 흉내 내어 시리에게 물어본다. 시리는 이렇게 대답한다.

"내일은 섭씨 22도입니다."

그걸로 끝이다. 시리 이놈은 감성이 없는 게 분명하다.

잠자리에 드는 아내는 빅스비에게 말한다.

"잘 자!"

그러면 빅스비는 말한다.

"당신도 오늘 무척 수고 많았어요. 푹 자고 나면 몸도 마

음도 한결 개운해질 거예요. 오늘보다 나은 내일이 기다리고 있어요. 즐거운 마음으로 잠자리에 드세요. 좋은 꿈 꾸시길 저도 빌게요."

어느 남편이 잠자리에서 이렇게 나긋나긋한 인사를 건넬 수 있을까. 확실히 빅스비는 나보다 낫다. 반면 시리의 대답은 더럽게 간결하다.

"안녕히 주무세요."

이기적인 성향의 미국산이라 그런 걸까. 던져버리고 싶은 마음을 간신히 참아 본다. 시리에게 노골적으로 물어본다.

"빅스비와 시리 중 누가 더 똑똑할까?"

시리는 삐친 듯 말한다.

"저 말고 다른 유용한 비서를 원하신다면 저는 거부하지 않습니다."

하이~ 빅스비
넹~ 살랑 살랑
쉬리
왜!
사과 너 ㅜ지!!

비교 자체를 거절한다. 그러면서도 빅스비가 더 좋으면 알아서 택일하라는 투다. 아닌 척하면서도 은근히 질투심이 있다.

튜링 테스트를 한다면 확실히 빅스비는 합격이고 시리는 낙제점이다. 물론 이것만으로 삼성의 머신러닝 기술이 애플보다 비교 우위에 있다고 결론짓긴 어렵겠지만 일차적으로 느끼기엔 그렇다. 그런데 삼성전자 주가는 왜 바닥을 치고 있는 거니?

가끔은 나 스스로에게 자문해 본다. 나는 과연 올곧은 감성으로 다른 사람을 대하고 있는가? 가족에게는 따뜻한 사랑을 전하는 가장이며, 교사로서는 학생에게 진심 어린 격려를 해 주는 사표였는가? 장학사가 된 지금 학교 현장과 민원인에게 해갈의 물 한 모금 건네는 소통가인가?

아내의 폰을 자주 빌려야겠다. 답답한 가슴을 뻥 뚫어 주고 지친 마음을 위로해 주는 말 한마디 던지는 방법을 빅스비에게 배워야겠다. 시리 기능은 영원히 꺼두는 걸로.

망할 놈의 세정제

건강하기만 하면 어떤 모습으로 살아도 행복할 거라 믿었는데 어느 날 건강에 적신호가 들어왔다. 언젠가부터 소변을 보고 나면 거품이 심하게 일었다. 내 오줌발이 너무 강했나, 아니면 소변의 낙차가 커서 그런가 하고 가만히 지켜보아도 거품은 좀체 수그러들지 않았다. 결국 건강에 이상이 있음을 인정해야 했다.

이런 제길, 하필 내게…. 분노의 단계는 빨리 왔다. 관련 정보를 찾아보았다. 주원인은 당뇨병 또는 신장질환에 의한 단백뇨였다. 이 나이에 당뇨? 설마 아니겠지. 신장에 이상이 있는 거라면? 생각은 소변 거품처럼 커져

신장 투석과 신장 이식을 하는 내 모습을 상상했다. 죽을병은 아니었지만, 마치 생을 곧 마감해야 하는 단계에 와 있는 것 같은 절망감이 들었다. 신변 정리를 해야 할 것 같기도 했다. 직장, 지위, 가족 등 가진 모든 것을 저울질하다 생각이 비자금에 미쳤을 때 마음이 급 심란해졌다. 힘들게 아내 몰래 축적한 비자금 때문에라도 살아야 했다.

병원에 가서 진단을 받고 투병 생활을 시작해야 할지 고민은 커졌다. 충격받을 아내를 생각하면 쉬 말을 꺼내기도 어려웠다. 한동안 고민하다 아내에게 사실을 말했다. 비자금 얘기는 안 했다. 아내도 근심 가득한 표정을 지으며 정보 검색에 몰입했다. 건강 관리를 제대로 하지 못한 불찰에 괜히 미안해졌다.

아내는 직접 소변을 보고 싶다고 했다. 물을 잔뜩 마시고 기다렸다. 방광에 신호가 왔을 때 힘차게 오줌을 뿜었다. 역시나 거품이 심하게 일었다. 거품은 뭉게뭉게 피어나 주변 거품과 하나 되며 세포 분열하듯 커졌다. 좌변기를 살펴보던 아내가 내 등을 치며 웃었다.

"저거 안 보여요?"

"네?"

아내의 손가락은 좌변기에 걸려 있는 세정제를 가리키고 있었다. 앗, 그랬다. 아내가 코스트코에서 사다 변기에 걸어둔, 이름도 더럽게 긴 그것, 브레프 파워액티브 스파클링 레몬 변기 세정제. 이놈 때문에 생사를 넘나들었다. 안도의 한숨을 내쉬며 마지막까지 비자금을 실토하지 않은 내 인내심을 칭찬했다.

그 해프닝이 있고 나서 일주일 여가 지났을 때였다. 고등학교 3학년인 아들놈이 자못 심각한 얼굴로 말했다.

"아버지, 저……."

"응, 무슨 일?"

"지금 대학이 중요한 게 아닌 것 같아요. 저 소변에 거품이 많이 나서 검색해 봤는데요……."

아내가 밥을 먹다 뿜었다.

나이키 운동화를 버린 이유

독일 나치는 점령지 곳곳에 강제수용소를 만들어 유대인들을 학살했다. 가스실로 보내는 것으로는 수많은 유대인을 감당하기 어려워 나중에는 죽창으로 찔러 죽이는 일도 비일비재했다고 한다. 하지만 독일군도 사람인지라 죄 없는 유대인을 도륙하는 것에 거부감을 갖는 군인도 많았다. 이들의 감정을 적개심으로 바꾸기 위해 사용한 것이 화장실이었다.

수용된 인원이 수천 명인 반면 화장실은 턱없이 부족하게 지었다. 줄지어 화장실을 이용했지만 몇 시간씩 기다려도 차례가 돌아오지 않자 사람들은 갖가지 방법을 모색하기에 이르렀다. 처음에는 식판에 볼일을 보거나 땅을 파서 묻는 등 나름 인간적인 면모를 유지하려 했다. 그러나 모든 것이 포화상태에 이르자 별수 없이 보이는 곳곳에 볼일을 보기 시작했고, 곧 수용소 전체는 배설물로 가득 찼다.

더럽고 냄새나는 유대인들이 독일군의 눈에 인간으로 보이지 않는 지점이 여기에 있다. 독일군은 유대인이 아니라 불결한 짐승을 죽이기 시작했다. 이런 걸 보면 인간이 배설물에서 해방되면서부터 문명이 시작되었다는 말이 허언은 아닌 듯싶다. 배설물에 얽힌 인간사는 아직도 진행형이다. 적어도 내게는.

군대에서 동계훈련을 나갔을 때의 일이다. 우리는 수풀이 가득한 벌판 가운데 진을 치고 가상의 적과 대치하고 있었다. 중대장이 순찰을 도는 모습이 보이자 나는 재빨리 땅에 엎드려 소총을 겨누는 시늉을 했다. 문득 가슴팍이 시렸다. 앗, 똥이었다. 반쯤 얼어있는 똥이 가슴 가득 묻어 있었다. 더러웠다. 동계훈련 기간 내내 옷을 빨지도 못하고 배설물 냄새만 잔뜩 맡았다. 무

찔러야 하는 것은 북한군이 아니라 아무 데나 똥을 싸놓은 그놈이었다.

몇 해 전 어느 바람 부는 여름날 가족을 데리고 계곡으로 놀러 갔다. 계곡에는 이미 많은 가족이 삼삼오오 모여 고기를 구워 먹고 있었다. 아이들이 물놀이에 지칠 즈음 나는 삼겹살을 구울 준비를 했다. 바람을 막아줄 수 있는 적절한 곳을 찾다가 바위로 막힌 최적의 공간을 찾았다. 사람들이 미처 발견하지 못한 좋은 스팟이었다. 실컷 고기를 구워 먹고 라면을 끓일 즈음에서야 발견했다. 바닥 곳곳에 똬리를 틀고 있는 검은 덩어리들! 더러웠다. 방금 맛있게 먹은 고기를 토할 뻔했다. 역시 사람들은 현명하다. 사람들이 많이 찾는 곳이 맛집이고, 사람들이 없는 데는 다 그만한 이유가 있는 것이다.

최근까지 나에게는 7년째 신던 나이키 운동화가 있었다. 아내는 버리고 새로 사자고 보채다 제풀에 지쳐버렸다. 체질적으로 쓰던 물건을 잘 버리지 않는다. 옷을 사도 유행과 상관없이 계속 입는다.

어느 날 운전을 하고 있는데 배설물 냄새가 났다. 어디선가 거름을 주고 있나 보다 하며 창을 닫고 외기를 차단했다. 계속 운전을 하는데 냄새는 사라질 기미가 보이지 않았다. 갓길에 차를 세우고서야 냄새의 진원지를 찾을 수 있었다.

내가 똥을 밟았던 것이다. 운동화는 물론 차 바닥과 액셀에도 누런 배설물이 묻어 있었다. 더러웠다. 그날 나는 미련 없이 나이키를 버렸다.

C의 연애사

남녀 공학인 고등학교에서 3학년 담임을 하던 무렵이다. 아이들은 늘 사랑에 목말라했다. 수험생활의 헛헛한 마음을 달래기 위해서는 아니었을 것이다. 학생들 대부분은 무늬만 수험생일 뿐 초등학생보다도 더 많이 놀았으니까.

여기서 말하는 사랑은 성인 보호자로부터의 애잔한 사랑이 아니다. 이성관계에서의 사랑을 말한다. 그들은 숱하게 만남과 헤어짐을 거듭했다. 비록 상대는 자주 바뀔지언정 이성 친구가 없는 상태를 견디지 못했다.

그중 유독 C가 기억에 남는다. 숫기 없는 외모였지만

유달리 이성에 대한 집착이 강했다. 그는 학교 근처에서 제법 큰 오리요리집 아들이었다. 한 학년 아래 여학생과 사귀고 있었다. 내가 아는 한 그 여학생은 C의 네 번째 여친이었다. 이전에는 같은 반 여학생 OO와 사귀고 있었는데 공동으로 쓰던 학급 일기에 이런 글을 남기기도 했다.

'OO는 내 거다. 아무도 건드리지 마라. 내가 지켜줄 거다.'

그 글에는 무수한 댓글이 달렸는데 태반이 조롱성 글이었다. 'OO는 지켜줄 필요 없다. 얼굴이 무기다.'거나 '건드리라고 해도 안 건드린다. 니가 사귀어줘서 고맙다.'는 식이었다. 악성 댓글은 나빴지만 어느 정도 사실이었다. 내 눈에도 OO는 그리 예쁜 축에 들지 않았다.

그랬던 C가 OO와 헤어진 뒤 아래 학년으로까지 애정의 영역을 넓힌 것은 놀라웠다. 한날은 C의 여자 친구가 우리 교실로 왔다. 야간 자율학습을 끝내고 모두가 귀가한 뒤였다. 그녀는 C의 자리에 보자기를 깔고 빈

그릇과 수저를 놓았다. 그리고 C의 자리 위 천장에 풍선까지 달았다. 이튿날이 C의 생일이었다.

아침에 출근하니 아이들이 C의 자리를 에워싸고 서 있었다. 김이 모락모락 나는 밥에 미역국, 김치를 비롯한 몇 가지 반찬이 정갈하게 차려져 있었다. C는 보란 듯이 식사를 했고, 아이들은 여자 친구의 이벤트를 부러워했다.

'앗, C가 위험하다!'

그때 나는 그런 생각을 했다. 내게는 식사하는 C의 모습이 그저 위태해 보였다.

불행히도 나의 촉은 맞았다. 그로부터 한 달이 지난 즈음 C가 학교에 오지 않았다. 집에서도 행방을 알지 못했다. 2학년 여자 친구도 덩달아 결석을 한 상태였다. 아무도 그들의 행방을 알지 못했다. 부모님은 경찰에 가출 신고를 했지만 별도리가 없었다.

결석이 2주를 넘어서고 있었다. 어찌어찌하다 수소문 끝에 경주에서 서울로 상경하려던 그들을 붙잡았다. 여자 친구가 임신했고, 서울로 가 함께 살려고 했다는 기가 막힌 얘기를 들었다.

여자 친구와 헤어지고 한동안 마음의 안정을 찾지 못하던 C와 나는 거의 매일 많은 이야기를 나누었다. 무슨 이야기를 했는지 지금은 기억이 나지 않지만, 한 가지는 기억이 뚜렷하다. C에게 '반하다'는 것의 의미를 아느냐고 물었다. 그리고 대충 다음과 같은 허접한 말을 해 주었다.

누군가를 일방적으로 도와주고 받쳐주는 것만으로는 사랑이 완성되지 않는다. 물리적이든 감정적이든 다른 사람에게 기대지 않고 살 수 있는 사람은 없다. 특히나 남녀 관계에서는 더욱 그렇다.
서로 발전할 수 있도록 도와주는 관계가 곧 사랑이다. 그러기 위해서는 남녀는 각자의 의무가 있다. 상대방이 기댈 수 있게 자신을 완성해야 한다. 사랑이 둥근 원이라면 그 절반씩을 각자 채워야 한다.
그 절반을 무엇으로 채우는가는 정답이 없다. 스스로 옳다고 생각하는 것으로 채워가면 된다. 누군가에게 그것은 많은 돈일 수도 있고 권력일 수도 있고, 성실하게 살아가

> 는 삶의 자세일 수도 있다.
>
> 그 절반을 채웠다 생각이 들 때 상대방을 찾아가 이렇게 말하라. "나 너에게 반했다." 나도 반하고 상대방도 나머지 반을 하면 사랑이 이루어질 것이다. 지금은 너를 담금질할 때다.

C는 꽤 감동한 표정을 지었지만, 당시 신혼이었던 나도 잘 실천하지 못한 이야기다. 지금도 나는 내 사랑의 절반을 채우지 못했다. 진행형이다.

요즘 들어 자주 성을 내는 아내에게 언제고 말하고 싶다. "여보, 나 당신에게 반했습니다."라고. 그러면 아내는 어떤 표정을 지을지 자못 궁금하다.

사족이지만 한 마디 덧붙이자면, 사실 '반하다'는 순우리말이다. 당시 C에게 해준 말은 거짓말이다.

명사를 잊은 그녀

사무실에서 오십 대 장학사 두 사람이 대화를 나누고 있었다. 가운데 앉은 나는 어쩔 수 없이 듣고 있는데, 도통 이해하지 못하는 말을 둘은 잘도 주고받았다.

"그거 어떻게 됐어요?"

"네, 뭐요?"

"그거 있잖아요, 저번에 그거."

"아, 그거요? 이젠 괜찮아요."

그게 뭔지, 나는 아직도 모른다. 이상하게 오십을 넘어

서면 대개 명사는 휘발되어 버리고 대명사를 많이 쓰게 된다. 불현듯 메타인지를 가동해 보면, 나도 그 대열에 들어선 지 오래다. 인지상정인가 싶다가도 이게 나이 든다는 건가 싶어 가슴이 오그라든다.

분명 잘 알고 있는 단어 또는 이름인데도 불구하고 아무리 머리를 굴려봐도 선뜻 떠오르지 않는 경우가 많다. 답답한 마음에 검색을 해 보려 해도 입력할 키워드가 마뜩잖다. 별 수 없이 대명사를 써야 한다. 문제는 이게 점점 심화되고, 마침내 언어 습관이 된다는 것이다.

얼마 전에는 60을 바라보는 장학사와 같이 식사를 했다. TV 시청을 좋아하는 그녀의 특성상 드라마 얘기가 빠지지 않을 수가 없다. 그녀가 먼저 물었다.

"요새 그거 봅니까?"

"뭐요? 또 재밌는 거 있나 보네요."

"지금 인기 많은 거 그거 있잖아요. 복수하는 거."

"아, 저는 본방은 못 봐서 다운로드해 보고 있습니다. 흥미진진하던데요."

"근데, 주인공 그 송 뭐시기는 아직도 연기가 안 느는 것 같아요."

"원래 그렇잖아요. 연기력 기대하고 보는 캐릭터는 아니라 그냥 봅니다."

"나도 그런 입장에 놓이면 죽이고 싶을 거 같던데."

"맞아요. 저라면 무슨 수를 써서라도 죽여버릴 것 같아요."

그날 점심 식사 자리의 대화는 대충 자연스럽게 흘러가 마무리되었다. 그런데 차를 타고 사무실로 돌아오면서 이어지는 대화에서 우리가 다른 곳을 바라보고 있다는 것을 알았다. 그녀는 송혜교가 나오는 <더 글로리>를 얘기했고, 나는 송중기가 나오는 <재벌집 막내아들>을 얘기했다는 거다.

이게 다 대명사만을 사용해서 그렇다.

소고기와 장모님

아내는 5녀 1남 중 셋째였다. 아이 여섯이 우글대는 당시 사진을 보면 끔찍하다. 초등학교 방과후 돌봄교실을 닮았다. 셋째 딸은 얼굴도 보지 말고 데려가라는 말이 있다. 옛말 틀린 법 없다 해서 그만 얼굴을 안 봤다. (글자 그대로다. 얼굴에 대한 평가가 담긴 말은 결코 아니다).

사위 다섯은 묘한 경쟁 구도에 놓여 있다. 누가 무엇을 사드렸다는 얘기를 들으면 가만히 있기 어렵다. 효심의 발로이기도 했지만, 어쨌든 우리는 상대적으로 부족함이 없도록 부모님께 성의를 표했다.(참고로 부모님께는 눈독 들일 만한 유산도 없다).

어느 일요일, 장인, 장모님에게 소고기를 대접하려 멀리 한우마을을 갔다. 가끔 식사 대접은 했지만 한우는 그때가 처음이었지 싶다. 광주 출신의 장모님은 성격이 화통해서 손이 컸다. 가난하지만 돈을 써야 할 때는 아끼지 않으셨다. 물론 대접받을 때도 확실한 것을 좋아하셨다. 그래서 그날 가진 돈을 다 쏟아붓는다는 느낌으로 나는 신나게 소고기를 구웠다. 부모님이 잘 드시는 모습을 보니 돈이 아깝지 않았다. 특히 식성 좋은 장인어른은 그날 엄청 과식하셨다. 장인의 부푼 배만큼 셋째 사위의 점수 게이지도 한껏 올랐다. 잘 먹었다며 등을 두드려주시는 장모님의 손에서 애정이 뚝뚝 묻어났다.

믹스커피로 마무리를 할 때까지도 분위기가 좋았다. 얼른 주차장으로 가서 다마스를 몰고 나왔다. 앞자리에 아내가 타고 뒷좌석에 장인이 타는 것을 백미러로 보았다. 모두가 타고 문이 닫히는 것까지 확인했어야 했는데, 운명의 신이 내게 침을 뱉었다.

액셀을 밟고 출발하는데 비명소리가 들렸다. 장모님이

차에 한 발을 올렸을 때 내가 출발한 것이었다. 다행히 사고는 일어나지 않았다. 나는 결코 장모님을 해칠 생각은 없었다. 집으로 오는 내내 장모님의 불같은 성화를 들어야 했다. 광주 사투리에 그렇게 생생한 욕이 많은 줄 몰랐다.

집으로 가는 길은 멀고도 멀었다. 소고기로 벌어들인 점수는 이내 바닥을 쳤고 한동안 회복하지 못했다. 주식 얘기가 아니다.

장학사는 다마스 타면 안 되나

교육지원청에서 장학사로 근무하면서도 내 애마는 여전히 다마스였다. 근 20년 동안 네 대의 중고 다마스를 몰았다. 딱히 다마스를 고집하는 이유는 없다. 그저 첫 차가 다마스였다 보니 익숙해서 계속 타게 되었는데, 이게 종종 사람을 무안하게 만들었다.

한 번은 모 중학교에 물품을 전달하러 갔는데 입구에서 학교지킴이 아저씨가 막아섰다.

"무슨 일입니까?"

"네, 안녕하세요? 교육지원청에서 왔습니다."

"교육청 사람은 그런 차 안 타요."

아저씨의 매몰찬 대꾸에 순간 말문이 막혔다. 학교지킴이 아저씨에게 갑질을 당할 줄은 몰랐다. 교육청 사람도 다마스를 탄다는 걸 달리 증명할 길이 없다. 명찰이라도 달고 올 걸 그랬다. 이런 젠장! 화를 누그러뜨리고 드라마 '스카이캐슬' 김주영 버전으로 사정했다.

"절 믿으셔야 합니다, 어머님, 아니 아저씨. 그리고 저 양복 입고 있잖습니까? 잘 생겼고요."

아저씨는 여전히 의심의 눈초리를 거두지 않은 채 쭈뼛거리며 옆으로 비켜섰다. 그리고 들으라는 듯 한마디를 던졌다.

"이상한데, 차도 더러운데……."

세차를 잘하지 않아서 차가 더럽긴 했다. 기분은 더 더러웠다. 중앙현관 앞에 차를 세우고 물건을 내리는데 행정실 직원으로 보이는 사람이 지나갔다.

"저 이거 교무실에 전해주시겠습니까?"

그는 차와 내 얼굴을 흘끔거리고는 대뜸 말했다.

"택배는 직접 배달하셔야죠."

"아, 그게 아니라……."

"저 바쁩니다."

턱밑까지 올라오는 욕을 참았다. 이런 젠장! 색안경을 끼고 보는 지킴이 아저씨에 싸가지 없는 직원까지 만나고 보니 정신이 산란해졌다. 이게 다 세차 안 한 다마스 때문이었다. 당장 차를 바꿀 수는 없고 일단 세차라도 하기로 했다. 그날 저녁 난생처음으로 자동 세차를 하러 갔다.

앞뒤 좌우에서 시원하게 물이 뿜어져 나왔고 세제가 뿌려졌다. 딱 거기까지 좋았다. 근데 차체에 보닛이 없고 폭이 좁다 보니 롤러의 솔이 닿지 않았다. 롤러는 저 혼자 허공에서 돌다 물러갔다. 그리고 천장 위로 뻗어 있는 안테나를 부러뜨렸다. 이런 젠장!

세차를 했음에도 여전히 더러운 다마스를 걸레로 닦으며 다른 차를 사야 하나 고민했다. 나도 교육청 사람이고 싶었다. 부러진 안테나를 들고 속으로 한참을 울었다. 집으로 오는데 라디오는 계속 지직거렸다. 이런 젠장!

겨털을 뽑은 사연

학생이 교사를 닮아간다는 말이 있다. 교사도 마찬가지로 학생을 닮는다. 초등학교 교사는 점점 유치의 정점을 달리고, 중학교 교사는 뭐든 대충 하고, 고등학교 교사는 지독히도 말을 안 듣는다. 초·중등 교사들이 같이 연수를 받는 현장에 그 모습이 확연히 드러난다. 맨 앞자리에 앉아 필기까지 열심히 하는 사람은 초등학교 교사다. 중학교 교사는 뒷자리에 앉아 졸고 있다. 아예 들어오지도 않고 밖에서 담배만 피우는 사람은 고등학교 교사다.

예전에 근무했던 고등학교 주변에는 초등학교와 중·고

등학교가 붙어 있는데, 한 해 두 번씩 배구 시합을 했다. 초등교사들은 시간도 되기 전에 선수와 응원단이 모두 모여 연습을 했다. 중학교는 선수만이 시합 직전에 도착했고, 고등학교는 아예 선수도 제대로 참석을 안 했다.

비단 교사만이 아니다. 장학사도 마찬가지다. 옆자리에 앉은 초등 장학사는 종종 실없는 소리를 많이 한다. 유치한 농담이 일상어다. 가령 이런 식이다.

"오늘은 기분이 안 좋네요."

"그럼 거울 보지 마세요."

분명 성희롱성 발언에 대꾸할 가치도 없어 보이는데, 사무실 사람들은 까르르 웃음을 던진다. 유치한 농담은 분명 힘이 있다.

나이가 들면서 아내에게서 '엄근진'하다는 얘기를 자주 듣는다. 이참에 나도 실없는 소리를 던져볼까 싶다. 분위기만 좋아진다면 유치해지는 것쯤이야 감수할 수 있을 것 같다.

이날 저녁 일찌감치 자리에 누워 잠을 청하고 있는데, 아내가 슬금슬금 다가와 옆자리를 파고들었다. 데워진 자리를 비키기 싫어 온몸으로 버티고 있는데, 아내가 한마디 던진다.

"곁을 줘요."

그래서 겨털 한 올을 뽑아 건넸다. 아내의 표정이 굳어졌다. 실패다.

나, 국내산이라구욧!

어느 해 여름, 기차 시간이 남아 서울역 인근 롯데마트를 기웃거리며 시간을 죽이고 있었다. 당시 나는 흰색 반 팔 티셔츠에 검은 백팩을 메고 있었다. 전자제품 코너에서 물건을 만지작거리고 있는데 점원이 내게 다가와 말을 걸었다.

"May I help you?"

"……."

내가 아무 말이 없자 그가 다시 천천히 말했다.

"Do you need any help?"

"I'm Korean!"

"아, 죄송합니다."

그는 얼굴이 벌게져 저만치 물러섰다. 분명 나를 동남아 사람쯤으로 보았을 것이다. 드라마에서처럼 '여기 책임자 나오라고 해!'라고 소리치는 나를 상상했다.

가끔 지인들로부터 동남아 사람 같다는 얘기를 듣는다. 아내도 내가 동남아에서 슬리퍼 신고 웃통 벗고 다니면 원주민과 구분하기 어려울 거라고 놀리곤 했다. 약간 까무잡잡한 피부에 쌍꺼풀 진한 눈 때문에 그럴 것이다. 하지만 아무리 거울을 들여다봐도 그 정도는 아니라는 게 내 결론이다. 아니 그렇게 믿고 싶었다.

6년 전 분식집에서 라면과 김밥을 먹고 있을 때였다. 외국인 여자가 가게로 들어섰다. 캄보디아나 태국에서 온 것이 분명한 외모였다. 그녀는 사진이 곁들여진 메뉴판을 한동안 쳐다보며 좀체 음식을 결정하지 못했다. 주인아주머니가 설명을 덧붙였지만 한국말을 전혀 알아듣지 못하는 것 같았다.

동남아 사람들은 멸치 육수가 들어간 음식을 먹지 못한다고 나중에 주인에게서 들었다. 그래서 국수 같은 건 빼고 가급적 김밥이나 라면을 권한다고 했다. 무엇을 고를지 궁금하여 쳐다보고 있는데, 문득 메뉴판 앞에서 갈등하던 동남아 여자와 눈이 마주쳤다. 그녀는 사뭇 놀란 표정이었지만 시선을 피하지 않고 나를 5초간 지긋이 바라보았다.

그녀의 눈빛, 거기에 담긴 의미를 나는 간파해 버렸다.

'나와 같은 곳에서 오신 분 같은데 이럴 때 좀 도와주시는 게 어떨까요?'

그녀의 눈은 분명 그렇게 말하고 있었다. 나는 얼른 라면으로 시선을 떨구었다. 마침내 동남아 사람에게 외모를 인증받고야 말았다는 자괴감이 파도처럼 밀려왔다. 혹 내가 모르는 사연이 있는지 부모님께 물어볼까, 그냥 묻어두고 갈까 고민의 시간이 시작되었다.

생활 바보는 피곤해

오류 없는 프로그래밍을 할 정도로 업무 면에서는 나름 꼼꼼한 성격인데, 어찌 된 일인지 일상생활에서는 바보가 되어버릴 때가 많다. 그리 덜렁대는 성격도 아닌데 이 생활 바보의 유전자는 출처가 어디인지 궁금하다.

일단 나는 지리 감각이 없다. 없어도 너무 없다. 내비게이션이 없던 무렵, 한 번은 서울로 갈 일이 있었다. 경부고속도로를 달렸다. 그러다가 '서울산'을 서울로 잘못 보고 빠져나갔다. 지금도 8년째 살고 있는 집으로 가는 길을 놓치는 일도 있으니 말 다 했다. 도시 구획이 잘못

된 때문이라 생각한다.

음식을 할 때도 그렇다. 소금 대신 설탕을 넣기도 하고, 간장을 넣는다는 것이 액젓을 잔뜩 넣어 음식을 버리기 일쑤다. 세제 대신 섬유유연제만 넣어 세탁기를 돌릴 때도 있다. 아무리 용을 써도 생활 곳곳에서 실수는 자꾸 반복된다.

특히 사람 얼굴을 잘 기억하지 못하는 것은 치명적이다. 한 번은 모 중학교에서 컨설팅을 마치고 나오다 교문 쪽에서 서성이는 사람을 만났다. 낯익은 얼굴인데 누구인지 기억이 나지 않았다. 그렇다고 누구냐고 물어볼 수도 없는 상황, 그래서 살짝 간 보아 말했다.

"안녕하세요? 간만에 뵙네요. 여긴 어쩐 일이신지요?"

그의 얼굴이 살짝 변했다. 순간 정신이 들었다. 그 학교 교장이었다.

최근에는 아내에게 삼각팬티를 사달라고 부탁했다. 트렁크 팬티가 아재의 아이템이란 글을 어디서 읽고, 근

20년 간 입던 사각팬티를 버리기로 했다. 아내가 팬티 5장을 사 왔다. 아침 출근길에 서둘러 갈아입고 집을 나섰다. 근데 간만에 삼각을 입어서인지 이게 영 불편했다. 무엇보다 팬티가 자꾸 엉덩이에 끼었다. 빼고 일하다 보면 어느새 팬티는 똥꼬를 공략하고 있었다. T팬티를 입은 것마냥 불편하기 그지없었다. 아무래도 다시 사각으로 돌아가야 할 것만 같았다.

퇴근 후 아내에게 그 얘기를 하며 아내에게 보여주었다. 순간 가공할 위력의 등짝 스매싱이 날아왔다.

"앞뒤 거꾸로 입었잖아요.!"

옷방으로 들어가 다시 입으려다 발견했다. 심지어 안과 밖도 뒤집어 입었더라.